絨毯とトランスプランテーション

二十一世紀のV・S・ナイポール

栂　正行　著

音羽書房鶴見書店

はじめに

二〇〇一年秋、V・S・ナイポール（一九三二年生）はノーベル文学賞を受賞し、記念講演の壇上に立った。のちに『文学論』におさめられたこの講演は、ナイポールの文学活動の縮図として、ナイポール愛読者にとっても、ナイポール研究者にとっても、その内容のどこからでも、それまでのナイポール読書の経験の記憶へと再訪可能な、刺激的で含蓄に富むエッセーだ。

西欧の聴衆を意識してか、導入部分や締めくくりにはマルセル・プルースト（一八七一―一九二二）といった作家の名前が見えるものの、講演もしばらく進むと、自分の生まれ故郷トリニダード島の話とインドからそこに渡って来たナイポールの先祖の話となり、読者はナイポールの思考がたえずトリニダードとインドとヨーロッパを往復するものだということを痛感する。

この講演でナイポールはトリニダードとその対岸の南米大陸の説明を一通り終えたあと、おもむろに「絨毯」という比喩を持ち出す。ナイポールの祖先、たかだか三世代、あるいは四世代前のインドから移り住んだ人々は、自分たちと一緒にインドをいわば「絨毯」のように持ち込み、トリニダードという新たな土地に敷き詰めたという。

敷き詰めた「絨毯」はどうなったか。やがて摩耗し、消えていった。ナイポールが『インド・闇の領域』で語るところでは、先祖がインドから持ち込んだ家具の数々はしだいに痛み、使えなくなっていった。ナイポールから五年ほどあとに生まれた者たちは、『ラーマーヤナ』を語り聴かされることもなかった。やがてナイポールや弟のシヴァを含め、トリニダードを次々と離れて行くものたちが出て、ナイポールの甥や姪の世代には、カナダやアメリカやヨーロッパで専門職に就くものも出てきた。ナイポールの一族のある種の人々にとって、トリニダードは年季契約労働者として五年間という短い期間滞在する場ではなかったものの、第三世代から第四世代にとっては、またしてもそこをあとにする出発点であった。その意味で、「絨毯」のたとえを続ければ、「絨毯」はしまいにすり切れ、痕跡はわずかばかりとなった。ただ、かれらとても今度は自分たちがトリニダードで紡いだ「絨毯」を別の土地に持ち込んだことも事実だ。ナイポールとても、イギリスに帰化しながらもトリニダードという「絨毯」を捨てきることはできない。

これに対し「トランスプランテーション」とは訪れた土地に根を張ることの喩えだ。ナイポールは、自分がイングランドのウィルシャーの地に、移植された植物のように、その地に根を張り出していると考える。「絨毯」を敷き詰めつつも根をはるという、いかにもナイポールらしいディレンマがここに現出する。評論というジャンルはとかく割り切るということを行う。「絨毯」と「トランスプランテーション」とは、そうした「割り切り」を誘発しやすい、便利な言葉だ。「割り切り」の弊害はただ小説というジャンルによってすくわれて初めてその姿を現す。

ナイポールの作品に登場する人物は、フィクションであれノンフィクションであれ、「絨毯」というかつての居場所にまつわるすべてを新たな居場所に持ち込み、それを朽ちるにまかせ、また別の居場所を求めて放浪する人物と、新たな居場所に根を張る人物、つまり自らを「トランスプラント」する人物にわかれる。それはそのまま、二十一世紀を生きるすべての人々が二者択一的に選び取ろうとする生き方だ。しかし、ナイポールの例に明らかなように、そう簡単には、一方を捨て、他方を取るという具合には行かない。『アフリカの仮面』のルワンダのスーザンの言葉を借りれば、すべからく「愛憎」を抱えながら生きていくことになる。

本書の副題「二十一世紀のV・S・ナイポール」の「二十一世紀」には、ふたつの意味がある。ひとつは、文字通り、本書がナイポール二十一世紀発表の作品を対象とするということだ。もうひとつは、本書が、二十世紀前半、つまり一九三二年に生まれたナイポールの問題意識のなかで、二十一世紀のこれまで、今、そしてこれからに有効なものを拾い出す試みだということを意味する。

ナイポールが二十一世紀になってから発表した作品は、『ある放浪者の半生』(二〇〇一)、『作家と世界』(二〇〇二)、『文学論』(二〇〇三)、『魔法の種』(二〇〇四)、『ヴィンテージ版ナイポール』(二〇〇四)、『作家をめぐる人々』(二〇〇七)そして『アフリカの仮面』(二〇一〇)だ。それでも最後の作品から六年以上を経過している。現代作家の作品とても瞬く間に古くなる。

このうち、新作の小説は『ある放浪者の半生』と『魔法の種』の二作。残るは評論と旅行記。評論集のなかでも、『文学論』のように、二十一世紀の作品は「ノーベル文学賞記念講演」だけというものもある。一冊ずつ内容を確認すると、二十一世紀の作品の数はそれほど多くない。とはいえ、齢七十を過ぎてのこの多作ぶりは驚嘆に値するし、ひとつひとつの作品は、二十世紀のある時期までの作品のもつ独特のエネルギーこそないものの、そのわかりやすい表現とはうらはらに、深みのある洞察がいたるところにある。

本書は、これら二十一世紀の新作群を、ときに二十世紀の先行作品と比較しつつ、ときにそれらの予兆性を探りつつ、細部にいたるまで読み取ろうという、ナイポール愛読者のナイポール作品再訪である。

目次

第一章

出版のはずみ

『ある放浪者の半生』

『ある放浪者の半生』（二〇〇一）はナイポールにとって今世紀最初のフィクションだ。

二〇〇一年夏、著者はロンドンにいた。それから日本に戻り、テレビで二機目の飛行機がツインタワーに激突する様を見た。帰国から三週間後、再びロンドンに旅立った。ロンドンでもマンハッタンの出来事の影響がここかしこに見られた。

ロンドンに到着してすぐ、ナイポールの新刊が出た。それが『ある放浪者の半生』だった。二日で読みおえた。ナイポールの新作の余韻にひたりながら、ラッセル・ホテルの古書市に向かった。当時ここで、月に一度、古書市が開かれていた。あるブースで『南部の曲がり角』（一九八九）の古本を見つけた。値段は当時にして十ポンド五十ペンスだった。領収書をもらいながら、初老の店主に、ナイポールは今も読まれているのですか、ときいてみた。すると、ああ、読まれているよ、特に昨日、ノーベル賞を受賞したからね、という答えが返ってきた。ナイポールは長い間、ノーベル文学賞候補者として名前が挙っていた。

『ある放浪者の半生』は、「特定の国、時代、状況」を定めての小説ではない。ナイポールはおよそ移動というものを経験したどこの国の読者もかかえていそうな問題を扱う。作中人物が新たな移動先でその土地にどうからむか、あるいはからまぬかが主題だ。とは言っても、小説では普通、場所の紹介がないと、話は進まない。場所は、インドのどこか、時代は第二次世界大戦後まもないころ。

冒頭で、主人公ウィリー・サマセット・チャンドランは父親に、自分のミドルネームがなぜサマセットなのか、と問う。父親はかつてイギリス人作家ウィリアム・サマセット・モームに会い、その経験を踏まえて息子を命名した。モームはウィリーの父を取材し、自作『かみそりの刃』(一九四四)にこの人物のことを取り入れていた。「かみそりの刃」とは悟りに至る道が狭く険しいものであるということの喩えだ。

問題はナイポールとモームの関係だ。ナイポールはこの作品発表七年後、『作家をめぐる人々』のなかで、サマセット・モームやイーヴリン・ウォーやグレアム・グリーンの世界を理解できなかったと書く。自分の育った環境とあまりにも異なる世界を描くかれらの作品は、たとえ英語で書かれていたからといって、心から理解できるものではなかった。そこで、この作品の冒頭のように、ごく簡単に、たとえばモームという作家をいわば利用するというかたちにならざるをえなかった。

父は息子の問いをきっかけに、息子がこの問いを発するまでの自分の半生を語る。父の語りは作品冒頭、原文でおよそ三十数頁におよぶ。父は息子にこの話を何度も聴かせたので、ナイポールが覚悟を決め母方の祖父の出身地のインドの村を訪れた時の『インド：闇の領域』（一九六四年）に描かれたジュソッドラの語りと同様、話はまことに洗練の度を増していた。反復が洗練の度を増すというナイポール的特徴の一例がここにある。

『ある放浪者の半生』は「ウィリー・チャンドランは……」と始まる。(注1)語り手は三人称で話を進める。これにチャンドランの父の語りが続く。作家が注釈を入れる。「その作家は（とウィリー・チャンドランの父は言った）霊をテーマとする小説の取材のためにインドに来た」（『ある放浪者の半生』、原著一頁）という具合だ。父の語りは「これがウィリー・チャンドランの語った物語だ。約十年が経過した。時に応じて異なる内容が語られた。この物語が語られていく過程でウィリー・チャンドランは成長した」（同、三五頁）という言葉で終わる。

父がウィリーに自分の半生を語って聴かせるというかたちは、作家V・S・ナイポールが読者に次々と作品を通して自分の経験を語るというかたちに重なる。読者は新作を読むごとに、どこか既視感をおぼえる。

ウィリーの父はインドで大学に入学する。イギリスのロマン派詩人たちの言葉がすべて嘘のように聞こえるという経験をする。父もまた自分のおかれた環境とあまりにも違う国の文学を理解することができなかった。ガンディーの思想に触れ大学中退を決める。大学で知り合ったある娘が、身内から虐待されていることを知り、かくまう。娘と結婚し、ウィリーと妹サロジニのふたりの子供が生まれる。妹サロジニは、彷徨癖を持つウィリーと好対照をなす現実的な作中人物で、放浪をしているウィリーの前にときどき姿を現す。サロジニはドイツ人カメラマンと結婚し、世界を旅する。移動が常の職業だ。この男に別の家庭があったことは父も承知していた。サロジニは『魔法の種』の前半部分でもウィリーの相談相手としてたびたび登場する。父の精神的放浪の舞台はインド国内に留まった。帰属すべき思想はどこかという懊悩はある意味で、イングランドとインドという二つの世界に限られていた。その子供、ウィリーとサロジニでは、放浪の舞台は世界中のいたるところへと広がる。自分の「絨毯」をかかえどこかの国に腰を落ち着ける。しかしそこに自らを「トランスプラント」することはできず、かといって、持ち込んで来た自分を育んだ文明という「絨毯」もすり切れていく。

『ある放浪者の半生』には、読者にとって、いま、全体のどこを読んでいるのか理解しにくいところがある。作品がウィリーのインド時代、ロンドンでの学生生活、そしてアフリカ東海岸での十八年間の生活、この三つの部分からなりたっていることがはっきりしてくるのは、話もかなり進んでからのことだ。読者は作家の織る「絨毯」の上で、どこに連れて行かれるのかわからない。

『ある放浪者の半生』の前半にブリキ缶をめぐるエピソードがある。ウィリーの母親が学校にあがるころのカースト体験で、インドを舞台とするひとつの山場だ。地元の学校の教員や用務員達はかの女の入学を望まなかった。しかし、結局、少女（ウィリーの母）は、入学を許可される。少女たちは初日の午前中の休み時間に校庭へと出る。用務員が生徒たちにバケツから水を配る。

生徒が近づくと、かれは長い柄のついた竹の柄杓で、目の前の真鍮の入れ物かアルミニウムの入れ物に水を汲んだ。ウィリー・チャンドランの母は無邪気にどちらの入れ物を取ろうかと迷っていた。だが順番でかれの前に立っても、なんの指示もなかった。(同、三八頁)

水汲みの男は、ブリキの缶を拾う。

それはオーストラリア製の青いウッドダンのバターの缶だった。男は少女のためにそのなかに水を注いだ。そのようにしてウィリー・チャンドランの母は、外の世界では、アルミニウムがイスラム教徒とキリスト教徒、真鍮がカースト、そして錆びたブリキが自分用ということを知った。少女は空き缶に唾を吐きかけた。(同)

少女はすぐにミッション・スクールに移された。成長し、母となる。母は外国風の生活様式を取り入れようとし、父とぶつかる。父はそのような生活を「嘘」と決め付けた。

成長したウィリーは奨学金を得てインドからロンドンに出る。想像の中で出来上がっていたロンドンは現実と大きく違い、失望する。パーシー・カトーという学生と知り合う。パーシーはロンドンの生活に物慣れた様子で、ウィリーにさまざまなことを教える。パーシーにはジューンというガールフレンドがいる。オックスフォード・ストリートにある百貨店デベナムズの香水売り場の店員だ。ふたりはマーブル・アーチのクラブで知り合った。ウィリーもクラブに入り、ジューンを紹介される。パーシーとジューンはウィリーを残しコレッジの部屋に帰る。後日ウィリーがデベナムズをたずねると、ジューンはその意を察し、ノッティング・ヒルの狭い貸し部屋に誘う。きらきらと眩しく香水の香り強烈なデベナムズの香水売り場にウィリーが入っていく場面は、俗っぽさを通り越し、完璧なまでのユーモアに仕上がっている。実際、デベナムズの香水売り場は日本の百貨店のそれと比較にならぬほど、濃厚な空間だ。壁や床や天井が、イギリスという寒い国に独特の装飾が、それに拍車をかける。

その後ジューンはパーシーとはまた別の男とロンドン郊外で挙式、花嫁（ブライド）となる。

だれかが尋ねたら、ウィリーはパーシーが自分にイギリスの生活について教えたと答えただろう。実際、パーシーを通して、なにを教えられているのかも知らぬまま、一九五〇年代の終わりの、ロンドンの独特で移ろいやすいボヘミア的な移民生活の仲間入りをした。この世界はソーホーの伝統的なボヘミア世界とは決してかかわることはなかった。それはそれ自体でひとつの小さな世界をつくっていた。カリブ海から、アフリカの白人の植民地から、そしてアジアから、到着したばかりの移民たちの世界だ。（同、七二頁）

かれらは生まれた土地から自分たちの生活習慣という「絨毯」をロンドンに持ち込み、やがて「絨毯」はすり切れ、あるものはロンドンに同化し、あるものは再び生まれた土地に帰っていく。
ロンドンは狭いところにいろいろなものが詰め込まれた不思議な世界と見えた。ウィリーはロンドンの異質の場どうしが異常に近接していることに日々気づいて驚く。道を一本間違えると別のところに出てしまう。

ソーホーとはロンドンのウエスト・エンドにある歓楽街で、劇場やレストランで今も賑わっている。五十年代のソーホーには日本でもよく紹介された画家フランシス・ベーコンやジークムント・フロイトの孫のルシアン・フロイトといった芸術家が出入りしていた。そうした人々の世界とウィリーの世界には隔たりがあったということだ。

V・S・ナイポールは作品を書き継ぎながら「ロンドン」というありふれた地名にもいくつもの意味をこめていく。ロンドンだけではない。「ポート・オブ・スペイン」、「トリニダード」、「エルドラド」、「インド」、「アフリカ東海岸」、「ザイール」、「イラン」、「パキスタン」、「インドネシア」、「マレーシア」など、幾多の地名、国名、さらに「ウォルター・ローリー卿」、「フランシスコ・ミランダ」、「ルイーザ・コールドロン」などの人名が、ナイポール世界では独特の意味をもちはじめる。

このリストには、さらに「中心」、「バックグラウンド」、「家」、「場」、「父」、「書くこと」、「英語」、「模倣」、「冒険」、「逃避」、「旅」、「独立」、「孤独」、「庭」、「理解」、「知性」、「精神」、「理性」、「パニック」、「世界」、「過去」、「歴史」、「記憶」、「木々」、「散策」といった言葉を加えておくこともできる。ナイポールは高校まで「中心」を目指した。ところが「中心」の人々の「バックグラウンド」とナイポールの「バックグラウンド」には著しい乖離があった。ビスワス氏は安住の「家」を求めた。ビスワス氏とはナイポールの「父」だ。「父」はナイポールに「書くこと」の意味を教えた。ナイポールは「英語」という言葉を選び取る。「模倣」はいつしか「創造」へと変わる。ロンドンから外の世界への「冒険」が始まる。トリニダードからの「逃避」も今となっては懐かしくさえある。「旅」に次ぐ「旅」。トリニダードの「独立」。ナイポールの作家としての「独立」。群れぬことからくる「孤独」。イングランドの自分の「庭」。「知性」による「世界」に対する「理性的」な「理解」。もちろん「絨毯」や「トランスプランテーション」もこのリストの仲間入りをする。一見すると、個人的な見解の導入の糸口と見えて、実はその背後に自信の仄見える「ある意味で」といった表現さえも、欠かせない。

　反対に「カーニヴァル」や「音楽」といった言葉は当初から意味の喚起力を付与されず、ついには駆逐されてしまう。もっとも、『文学論』におさめられたノーベル文学賞受賞講演ではプルーストの言葉として「メロディー」を含む文章を引用しているが、プルーストの言う「メロディー」はトリニダードの「カーニヴァル」の「音楽」とはかけ離れたものだ。いずれの語彙も作家の思考に対し錨の役割を演ずると同時に、作家の視野を限定し訪問地の現実を覆い隠しもした。

　ただし、ここが重要なところだが、リストはあくまでもリストだ。二十世紀出版のナイポールの評論には親切にも索引がついている場合が多いが、索引、つまりリストだけでは、言葉の内実が動き始めることはない。ちょうど、博物館や美術館の展示品がリストであるとすると、展示品だけでは人の感情が動かないのに似ている。リストのなかの言葉は作家がそれを動かすことによって、実体を与えることによって初めて活きる。博物館や美術館やリストの背後には必ず展示品の制作者の活動や作家の活動が控えている。そこに到達しないことにはリストに意味はない。

本好きたちの後押し

ウィリーはあるパーティーで文学好きの法律家ロジャーと出会う。ロジャーはその話しぶりから、ジョージ・オーウェル（一九〇三―五〇）、イーヴリン・ウォー（一九〇三―六六）、アンソニー・ポーエル（一九〇五―九七）、シリル・コナリーを評価していることがわかる人物だ。『作家をめぐる人々』を読むと、この段階でのロジャーにはどこかフランシス・ウィンダムを思わせるところがある。

ロジャーはウィリーの文章を気に入る。さらに書くようにと勧める。ウィリーはロジャーの紹介で編集者リチャードを知る。リチャードは今や百八十ページ分の量になった作品の出版を引き受ける。ウィリーがリチャードのオフィスを訪ねると、リチャードは詳細に印税の話をする。リチャードに実在の出版社アンドレ・ドイッツェの姿を重ねてみたくなる。

「これはうちの標準的な契約だ。印税は国内の売上の七・五パーセント、国外の売上の三・五パーセント。他の権利についても君に代わって代行する。もちろん君もそう望むだろうが。アメリカで売る場合、君の取り分は六十五パーセント。翻訳は六十パーセント、映画は五十パーセント、ペーパーバックは四十パーセントだ。今はこうした権利を重要とも思わないかもしれないが。言っておかなくては。君のために全力を尽くそう。用意もある。ゆったり構えて、入ってくるものをとればいい」。(同、一〇四頁)

ナイポールに言わせれば、こういう出版のからくり全体も文明ということになる。文明あってこそこうした活動が可能となる。

ウィリーの本が出る。ひとりの女性読者から手紙が来る。アナといいアフリカ東海岸からオックスフォードの語学学校に来ていた。ウィリーは作品を認めてくれたアナとロンドンを離れ、アナの故郷に向かう。話の展開はナイポールの二十世紀の作品よりかなり早く進む。少なくともここには『暗い河』(一九七九)や『模倣者たち』(一九六七)にあったゆっくりとした時間の流れはない。

アナの家政婦はウィリーに「あんたがアナのロンドンの男かね」と言う(同、一四二頁)。アナの屋敷から町へのドライブはいつも「冒険」だった。ウィリーは近隣の住人を知る。いずれも「二流の連中」(同、一六〇頁)と考える。「アナは私のアフリカ生活の保護者だった。ほかに錨はなかった」(同、一八〇頁)。アフリカの少女を見て、「ロンドンを、そしてノッティング・ヒルのスラムにある建物の床に敷かれたマットレス」を連想する（同、一八七頁）。マットレスという言葉は、読者をナイポールの母方の祖母のマットレス、かの女がインドからトリニダードに持ち込んだマットレスにも、また『模倣者たち』でシャイロック氏がつかっていた最上階の部屋の敷物にも誘う。マットレスもナイポールにあっては小さな「絨毯」となる。

ウィリーとアナとの間に溝ができる。ウィリーは「快楽の場」（同、一九五頁）に足を運び、やがて飽き、アルコール依存症の夫を持つグラシャと関係する。ふたりは郊外にドライブし、ある館で休息をとる。ヴェランダに出ると下から男が、そこにはコブラがいると叫ぶ。館に入った時の魚のような匂いの正体はコブラであった。ウィリーはアナに対し唐突にも「おれは四十一だ。おまえとの生活に飽きた」と言う。アナは「自分で望んだことよ、自分で求めたこと、そのことはどうなるの」と言葉を返す。ウィリーは「人生の最良の時は過ぎた」と繰り返す。ふたりの会話が噛み合わぬまま作品は唐突に終わる（同、二二八頁）。

ウィリーはアナの人生を生きたと言い、アナはウィリーの人生を生きたと言う。二人とも完全なる生ではなく半分の生しか生きていない。ウィリーはアナの世界に自らを「トランスプラント」しなかった。そもそもそういうことを意識してロンドンからアナの故郷に移り住んだわけでもなかった。単にその場の成り行きによる移動だ。その移動が後半でも、さらには続編の『魔法の種』でも続くことになる。作品の後半はドイツで暮らす妹サロジニのもとに転がり込んだウィリーがアナとの十八年間の生活を妹に語るというかたちをとる。

インド、ロンドン、アフリカという舞台設定は、『インド：闇の領域』、『インド：傷ついた文明』（一九七七）、『インド：新しい顔』（一九九〇）といったインド三部作、『模倣者たち』や『中心の発見』（一九八四）などロンドンを舞台とする作品、『自由の国で』（一九七一）や『暗い河』などアフリカを舞台とする作品など、先行する自作へと読者の連想を誘う、ナイポール好み技法を反映している。『ある放浪者の半生』とその続編『魔法の種』は読者の暗黙のアンコールに応えた作品だ。読者は作中人物たちとともに世界の各地を、そして各作品の中を放浪する。この二作品では舞台と時間の配分の悪さが気にならず、不自然と自然の境界もなくなる。

作品を一冊だけ世に出した後、ロンドンを去り、東アフリカに十八年間住み着いたウィリーの半生とは何であったのか。ひとつ確かなのは、作中人物ウィリーの生活と作家V・S・ナイポールの生活との分岐点が、ウィリーの作家生活の放棄にあったという点だ。ウィリーは作家生活を放棄していたらそうなっていたかもしれぬV・S・ナイポールのその後を生きた。V・S・ナイポールのフィクションに登場するさまざまな書き手は、あるいはそうなっていたかもしれぬ作家ナイポールの姿を体現している。

生まれた時代がもう少しずれ、一生をトリニダードで過ごしていたかもしれない自分としてのガネーシャ（『神秘な指圧師』）や通りの住人達（『ミゲル・ストリート』）、あるいはビスワス氏、イギリスの生活に安住しきった人物の典型としてのストーン氏、四十歳で社会的活動のみならず書くことにも終止符を打ったシン（『模倣者たち』）、ものを書けなかった人物としてのジミー（『ゲリラ』）、一時は行く先を間違えた男サリム（『暗い河』）、『世の習い』のなかの幾多の人物たち。『ある放浪者の半生』のウィリーはかれらの延長線上にいる。歴史家に禁じられた「もし」を小説家は頻用する。

『到着の謎』と『世の習い』の「私」だけが、作品の終わりまでV・S・ナイポールとほとんど重なったままだ。V・S・ナイポールは自己の半生までも自分自身の手で書き、作品化する。他者に作家論を書く隙を与えない。

第二章　『作家と世界』（二〇〇二年）と『文学論』（二〇〇三年）

エッセーが創り出す世界

『作家と世界』はナイポールがこの時点までに書いたエッセーを集めたもので、ペーパーバックで五〇〇頁を越える大部な本だ。九頁にわたるパンカジ・ミシュラの序文がついている。内容は、「インド」、「アフリカとディアスポラ」、「アメリカ」の三つに分類されている。「インド」には「旅の半ばで」（一九六二）、「ジャムシェッドからジミーへ」（一九六三）、「二度目の訪問」（一九六七）、「アジマールの選挙」（一九七一）の四つのエッセーが入っている。「アフリカとディアスポラ」には「パパと権力集団」（一九六九年）、「難破した六千人」（一九六九）、「究極の植民地」（一九六九）、「オヴァークラウディド・バラクーン」（一九七二）、「権力？」（一九七〇）、「マイケルXとブラック・パワー」（一九七九）、「コンゴの新国王：モブツとアフリカのニヒリズム」（一九七五）、「ヤムスクロの鰐」（一九八三）が入っている。最後の「アメリカ」には「コロンブスとクルーソー」（一九六七）、「ニューヨークでノーマン・メイラーと」（一九六九）、「モントレーのスタインベック」（一九七〇）、「エバ・ペロンの帰還」（一九九一）、「エアコン付きバブル：ダラスの共和党員」（一九八四）、「グレナダ」（一九八四）、「一握の塵」（一九九一）、「あとがき：われらの普遍的文明」（一九九二）がおさめられている。いずれも二十世紀の書かれたエッセーで、本書の「二十一世紀」という枠組み以前の作品だ。ナイポールのエッセーはその内容への賛否はともかく、文学作品として十二分に洗練されたものなので、このエッセー集はどこから読み始めても、さらにもう一本と読み続けたくなる内容のものである。

翻訳のないものは「旅の半ばで」、「二度目の訪問」、「究極の植民地」、「権力？」、「コロンブスとクルーソー」、「ニューヨークでノーマン・メイラーと」、「モントレーのスタインベック」、「エアコン付きバブル：ダラスの共和党員」、「グレナダ」、「一握の塵」、「あとがき：われらの普遍的文明」といったいずれも短めの評論に限られる。

他方、「マイケルXとブラック・パワー」、「コンゴの新国王：モブツとアフリカのニヒリズム」、「エバ・ペロンの帰還」は工藤昭雄の翻訳で『エバ・ペロンの帰還』におさめられている。「ヤムスクロの鰐」は山本伸の翻訳で『中心の発見』におさめられている。

『文学論』におさめられたエッセーのなかで二十一世紀のものと呼べるのは、ノーベル文学賞受賞記念講演「二つの世界」ひとつである。

冒頭におさめられた『読むことと書くこと』は一九九八年の発表で、『中心の発見』の「自伝へのプロローグ」につらなる内容のエッセーだ。文章は平明だが内容は奥行きがある。「文学とは発見の総体である」（三十頁）という一見平明な主張にいたるまでのプロセスが、ナイポールにしてはじめて可能という作品に仕上がっている。（注2）

第一部の冒頭には「西インドの人」おさめられている。ロンドン在住の「私」が機中で「西インドの人」に出会い、その十五年後、その人物がもはや冒険をやめ、落ち着かざるをえなくなっていることを確認するという話だ。ナイポールの作品にしては会話部分が多いところに特徴がある秀作だ。

次は「ジャスミン」。一九六四年の作品だから、ナイポールが三十代に入ってからのものだ。長年、「ジャスミン」という言葉は知っていたが、実際の花を見たことがなかった「私」が、目の前の花についてある婦人にたずねたところ「ジャスミン」という答えが返ってくるという話で、言葉と実体が結びつく瞬間を理論ではなく経験として捉えているところに、万人の体験にも通じる普遍性がある作品だ。旧植民地出身のナイポールの主人公の多くは、このようにして言葉だけで知っていたもの、本や写真でのみ知っていたものに、のちに実体を充填していく。

続く「自伝へのプロローグ」はのちに「ヤムスクロの鰐」とともに『中心の発見』におさめられたエッセーで、邦訳もある。テーマは書くことだが、父の苦悩や父に新聞記事執筆の手ほどきをしたイギリス人記者マゴウアンのことも詳しい。妻の母、そしてその一族の人々と対立の末、自分の意志に反して屈服の道を選んだために父は苦悩する。ナイポールの母親によれば、鏡のなかの自分の姿が見えないとさえ言い始めたという。

「『グルデヴァの冒険』序文」は、一九七五年、ナイポールが父の作品を掘り起こし出版した際に、したためたものだ。父の書いた『グルデヴァの冒険』はナイポールの作品を読み慣れた者にはいささか展開が早いと感じられるところがある。また、荒削りなところもいくつか見られるが、ナイポールが何に関心を持つようになったかということに関するヒントが散見される。ナイポールは父こそがトリニダードのインド人社会をはじめて描いて見せた人物であったという点を繰り返し強調する。

次は一九八三年に出たクノプフ社版の「『ビスワス氏の家』まえがき」だ。この本を書くのに三年を要したことなど、作品の成立事情の詳細に触れている。

第二部冒頭は「インドの自伝」で一九六五年の発表。ガンディーやキプリングはじめインドに関係する多数の人物が登場する。

「最後のアーリア人」は一九六六年の作品だ。ニラド・チョードリがクシュワント・シンにインタビューする場面などが引用されている。クシュワント・シンはのちに『小説デリー』（邦訳では『首都デリー』）を発表する。ナイポールは三作品インドものを書くが、どれもシンの『小説デリー』を越えているとは見えない。実験的作品『世の習い』もしかりで、追いついておらず、シンが『小説デリー』の冒頭「普及版に対する前書き」で作品を仕上げるのに二十五年の歳月をかけたと言っているのも、あながち大言壮語とは言えない。

この数世紀に及ぶ物語を記述するために、私は二十五年を費やしてきた。本書の中に、私は、作家として私がもっているものを全て注ぎ込んだのである。それらは、愛、欲情、交接、憎

悪、殺戮と復讐、並びに、暴力、そして、何よりも涙、である。（結城訳『首都デリー』一頁）（注3）

シンはここであたかも「絨毯」に乗って来るかのようなデリーへの侵略者を描く。かれらは決してデリーに根付くことはない。目的を果たすとまた「絨毯」をたたんで西に帰って行く。

「芝居がかったネイティヴ」は、一九六六年の作品。主としてラドヤード・キプリングを論じている。

「コンラッドの闇と私の闇」は一九七四年の作品。これは邦訳では『エバ・ペロンの帰還』におさめられている。ナイポールは、早くからコンラッドの作品を意識していながら、なかなかそこに入り込めなかったという事情を詳細に語る。

「二つの世界」

最後がノーベル賞受賞講演の「二つの世界」となる。（注4）以上すべてのエッセーで、二十一世紀の作品と呼べるのは「二つの世界」だけだ。

この晴れの舞台での講演のタイトルに「二つ」の「世界」が選びとられているので、読者は、あるいは、そもそも講演の聴衆は、「二つ」と聴いてすぐさま東洋と西洋の「二つ」あたりを連想するかもしれない。ところが、ナイポールの言う「二つ」は、東洋でも西洋でもない。自分が育った祖母の家の内側の世界とその外側の世界という意味だ。これについては、後に触れるとして、まず、西洋の人々に自分の世界を理解させるためナイポールが引き合いに出した文学観、すなわちトリニダードともインドともほど遠いフランスの文芸家にかかわる箇所から、このエッセーに入ろう。

「二つの世界」と題する講演の第一パラグラフは、講演を行うということがナイポールにとって稀なことだという指摘から始まる。ただし、そうだから、講演は苦手であるという具合には進まず、ただ、稀ということが強調されるにすぎない。「ことば」と「感情」と「思想」を扱う人間にとって、これは「奇妙」だとも断る。これに対し、朗読の機会はしばしばあったという。イギリスでは作家による朗読会がよく行われる。つまるところ、ナイポールにとって「価値」あることは、すべてかれの「本」のなかにあり、それ以外のことについては、「十分なかたちも」まだ与えられていなければ、作家自身も意識もしていない。そうした内容は、ものを書いているときに、突然、作家のもとにやってくるのであり、意表をついて浮かんで来るというところが重要なのだという。後に引用するが、シヴァ・ナイポールも『終わらなかった旅』のなかでこうした点について詳細に触れている。

ナイポールのノンフィクションに慣れた読者であれば、以上のような抽象論、あるいは新しい土地を訪問しての紀行であればその土地の描写が続いたあとには、後続のパラグラフの冒頭で、突然、初めての固有名詞に出会うことにさほどの驚きを覚えないであろう。『インド：闇の領域』の読者が、ラモンという男に出会う時のように。この講演でも、第二パラグラフ冒頭で似たようなことが起こる。といっても、トリニダードの住人でもインドの住人でもない。小説家プルーストだ。

第二パラグラフは、四行と短く、ナイポールはここでプルーストが書き手としての作家と日常生活の中の作家というものをはっきりと区別してものを書いたことに触れ、「サント＝ブーヴに反論する」という出典を示す。

記念すべき講演に登場する最初の固有名詞はフランスの作家の名であった。プルーストの考え方はナイポールによほど感銘を与えたのであろう。第三パラグラフは、ナイポールの導入のあと、プルーストからの長い引用が続く。この講演「二つの世界」の最後のパラグラフも、プルーストからの一文をもって閉じられていることを考え、ここでナイポールが行った引用の箇所を以下に確認しておく。

サント＝ブーヴの方法は、きわめて僅かな自己認識がわれわれに教えるものを無視している。つまり本というものは、習慣や、社会生活や、悪行といった文脈で姿を現すわれわれの自己とは異なる自己の産物である。もしその特殊な自己を理解しようとするならば、それはわれわれの心の奥をさぐり、そこにその自己の再構築をこころみることによってのみ、そこに到達できるのである。（『文学論』一八一―八二頁）

この引用を受け、第四パラグラフでは、およそ「霊感」に頼る人の伝記を読む者は、常にこのことを座右においておく必要があると述べる。「霊感」に頼る者とは作家をはじめとする芸術家を指す。伝記は人の日常の細部を列挙することはできるものの、「書くという行為の謎」は日常の細部の列挙では説明されつくされない。「記録」は「霊感」に結びつかない。「伝記」も「自伝」も「不完全」ということになる。

第五パラグラフでナイポールはふたたびプルーストを引く。この時点でプルーストはかれを至福に至らしめる「主題」を見いだしていなかったという。かれも、ナイポールによれば、「直感」を信頼し、「幸運」を待つ人であった。ナイポールも、ものを書き始める時点で、「直感」を頼りとしていた。書き始める時、自分がどこに行くのかをつかんでいない。ただ書いていくことによってのみ主題にいたることができる。書くことで「アイデア」が生まれ、「かたち」が整う。自身が自分の書いたこと全体について理解するのは、書いてからしばらく年月が経過してからのことだとさえ言っている。さらに最新の本がそれまでに書いたすべての本を含み込んでいるという(第七パラグラフ)。これもものを書いていればおのずと経験できることであろうが、この言い方にはどこかアメリカからイギリスに渡った詩人T・S・エリオットの「伝統と個人の才能」を想起させるところがある。

そこから話は空間と時間、つまり地理と歴史という主題に向かう。第八パラグラフで、話題は書くという行為から、自らの出自へと移る。「トリニダード」、「オリノコ川」、「ヴェネズエラ」といった地名が並ぶ。「一九三二年」というナイポールの生年や、「四十万人」という当時のトリニダード島の人口や、そのなかの「十五万人」がヒンドゥー教徒やイスラム教徒のインド人であることも紹介される。かれらはみなガンジス平原出身の農民であった。講演の聴衆がナイポール世界に慣れ親しんだ人々ばかりではないことを考えれば、当然であろう。

地理と人口の話のあとには歴史の話題が続く（第九パラグラフ）。一八八〇年以降、インドから多数が移民したこと。人々は五年間の契約を行い、年季契約労働者となり、トリニダードのプランテーションで働く。五年経過の後、五エーカーほどの土地の所有者となるか、インドへの送還かのどちらかを選択する。一九一七年、おそらくガンディーらの主張により、年季契約労働が廃止となる。その後、インドに来たものは、土地も取得できなければ本国送還も不可能。行き場を失い、ポート・オブ・スペインの通りで寝る。こうした人々のことをナイポールは『ビスワス氏の家』で、新聞社に勤める父親が取材を行う対象として描き出す。また『中心の発見』の「自伝へのプロローグ」のなかでも詳しく説明する。

ナイポールはシャグワナスと呼ばれる、パリア湾から二、三マイル内陸の田舎町に生まれた。この地域には多くのインド人が住んでいた（第十パラグラフ）。

ナイポールは三十四歳のときに、生まれた土地の名前の謂れについて知る（第十一パラグラフ）。イギリスに来て十六年目、すでに「九冊目の本を書いていた」。『エルドラドの謎』だ。当時、ナイポールは大英図書館に通い、この地域に関するスペイン人の文書を読んでいた。文書は一五三〇年からスペイン帝国の崩壊時点までのものだった。

ローリー卿はトリニダードを襲い、スペイン人を殺し、オリノコ川を遡上し、エルドラドを探し求めた。探検は徒労に終わった。しかしイギリスに戻り、エルドラドの発見を公言した。持ち帰った金を偽物と言われ、ローリーは本を書く。タイトルを「壮大なる黄金の都市マヌア（スペイン人がエルドラドと呼んだ土地）を擁する広大にして豊か、そして美しきガイアナ帝国、および隣接する複数の河川を含むエメリア、アロマイア、アマパイア、その他の地方の発見」という。ナイポールはここで、「なんと現実らしく聞こえることか」と感嘆する。地名の羅列が本当らしさを生む。実際にはオリノコ川の本流にすら辿り着いていなかったのだ（第十二パラグラフ）。

自らの幻想の虜となったローリーは、その二十一年後、ふたたびガイアナに向かう。息子を失い、病苦と傷心の果てロンドンに戻り、処刑される（第十三パラグラフ）。ただし、話はそこで終わらない。ナイポールは一六二五年十月十二日付けのスペイン国王がトリニダード総督の送った手紙を、大英図書館で発見する（第十四パラグラフ）。次の引用は、その内容である（第十五パラグラフ）。

国王はこう書いている。「汝らにシャグアネスと呼ばれるインド人のある国についての情報をもたらすことを命ず。汝らによるとかれらは一千人以上におよび、かれらこそがイギリス人がその都市を制圧したときにかれらを招き入れたという。かれらはまだそのことにつき罰せられていない。この目的のための兵力が乏しかったため、そしてインド人たちは自分たちをのぞきいかなる主人にもつかえる意志がなかったからである。汝らはかれらを罰する決断をした。汝

らにあたえし決まり事にしたがい、実行の成果を報告のこと」(『文学論』一八五頁)

総督が、実際にその後そうしたか、ナイポールは知らないという。大英博物館にはそれ以上の文書はなかった。重要なのは、パリア湾の両側に住んでいた約千人からなる部族が完全に消え去り、シャグアナスあるいはシャウアンという街の住人が、かれらについていっさい知らなかったという点だ。この文書は何世紀にもわたって埋もれたままで、ナイポールが初めて掘り起こしたということになる(第十七パラグラフ)。

ナイポールの一族はシャグワナスの人々の住んでいた土地に住んでいた(第十七パラグラフ)。話題は十七世紀から二十世紀前半、一九三〇年代に飛び、ナイポールの学校時代におよぶ。学期中のある日、ナイポール少年は、まずは母方の祖母の家を出る。目抜き通りの二、三の店の前を通る。中国人の経営するパーラー、ジュビリー・シアター、ポルトガル人の工場を過ぎる。工場では石鹸をつくっていた。そしてシャグアナスの公立学校に至る。学校の向こうには砂糖黍畑、その向こうにはパリア湾がある。海が見える。不思議なことに、ナイポールのありふれた通学路までが、その書きぶりのためか、その描写が講演のなかで絶妙の位置にあるためか、精彩を放つ。

敷き詰めること

ナイポールは一九六七年の発見にショックを受けた（第十八パラグラフ）。しかし、農業植民地に住むものにそうした事情がつきものであることも承知していた。かれの一族がどうしてその場にいることになったのかについては、いかなる「権力」による「プロット」も作用していない。加えて「知識」の欠如があった。シャグアナスのかつての住人についての知識は重要とは考えられなかった。かれらは小さな部族であり、先住民であった。人がある場所にいる理由が必ずしもすべて説明しつくされるとは限らないこともある。

ナイポールは少年時代に聴かされた話を披露する。先住民が大陸からカヌーでやって来て、森を歩いて抜け、島の南部を訪れ、そこで果実を摘んだり供物を捧げたりする。それからまたパリア湾を渡りオリノコ川の河口に戻って行く（第十九パラグラフ）。講演もこのあたりまでくると、話も講演者のペースで進み、説明の合間に美しい文学的表現が挿入されていくという具合になる。

シャグワナスの人々の土地の上のわれわれの半分は、自分たちがある種のインドを抱えてきたのであり、それをわれわれが、言わば、その平坦な土地の上に絨毯のように広げたと考えるふりを――いや、ふりではなく、おそらく、そのように感じていただけかもしれない――していた。（『文学論』一八七頁）

ここが本書のタイトルの前半部分の言葉「絨毯」の出所だ。話はさらに具体的になる。ナイポールが通学しはじめた時の出発点である母方の祖母の家のかたちが示される（第二十一パラグラフ）。家は二つの部分からなっており、前面はインド風の家であった。人々の記憶をもとに建てられたインド風の家であったので、トリニダードにあっては、建築上、奇妙な建物だった。裏手の建物は、フランス・カリブ風の家だった。ふたつの家は上部のブリッジ状の部屋で結ばれていた。入口が二軒の家の間の側面にあった。講演の演題「二つの世界」の意味が明らかになる。

というわけで子供のころ、私には二つの世界があるという感覚があった。トタンでできた扉の外の世界、そして家の中の世界——あるいはいずれにしても、私の祖母の家の世界だ。

（『文学論』一八七頁）

外の世界を閉め出しておくという考えは一種の身を守る行為だった。ナイポールの一族は、「かれらの流儀」で、「かれらの掟に従い」、「朽ちていくインド流に」生きた。「自己中心的」な世界だ。外の世界は「闇」であり、関心が向けられることはなかった。「闇」という言葉はナイポールの作品の至るところに現われ、その意味も変化していくが、祖母の家の外という「闇」が、ナイポールにとっては最初の「闇」だった。

ナイポールの一族はイスラム教徒について、ほとんど何も知らなかった。食習慣を異にするヒンドゥー教徒についても、ほとんど何も知らなかった。まだナイポールが七歳にならぬころのことで、その後、家族は首都ポート・オブ・スペインに移り、さらに丘陵地帯へと移る。エッセー『読むことと書くこと』や『ビスワス氏の家』で詳しく描写されることになる空間だ。ポート・オブ・スペインで少年ナイポールは都会の生活を心から楽しむ。かれのそばにはまだ記者の仕事に打ち込む父親の姿があった。早朝に通りを走る清掃車がいかにも都会的と映った。

内側に閉じこもり、外部を閉め出す。ナイポールは身の回りの世界について父の書いた短編から学んだ。父の短編はインド人コミュニティーのふつうの生活ぶりを描いた。父の短編がナイポールに、よってもって立つべき世界を提供した(第二十四パラグラフ)。

ナイポールは幸運にも叙事詩『ラーマーヤナ』のおおよそをつかむことができる年齢に達していた。しかし、ヒンディー語の手ほどきをしてくれるものはいなかった。「英語が浸透するにつれ、われわれはヒンディー語を喪失しはじめた」(第二十五パラグラフ)。「先祖の信仰は後退し、謎めき、日常とは無関係になっていった」(同)。ヒンディー語もまた「絨毯」であった。持ち込まれた言葉はすべからく新たな土地に敷かれた「絨毯」ということになろう。そこに英語という別の「絨毯」が押し寄せた。しかしナイポールはこの絨毯に乗ったことから、奨学金を取り、イギリスに渡り、小説を書くことになったのだから、何がどう作用するかは時間が経過してみないことにはわからない場合も少なくない。

かれらはインドにおいてきた人やものについて知りたいとは思わなかった(第二十六パラグラフ)。

その考え方に変化がおきたときは、すでに遅かった。あとで重要と思っても、その時は無関心ということがよくある。ナイポールは自分の名前が漠然とネパールとかかわりがあるであろうということくらいしか知らなかった。二十世紀の終わりごろのこと、ある親切なネパール人がバナラスのネパール人の集団のなかでナイポール姓の人々に関する一八七二年のイギリスの雑誌の記事をナイポールに送ってくれた。これが自分の名前について知っているすべてだという。

祖母の家の外の世界には、アフリカ出身の人々、あるいはアフリカを奪われた人々がいた（第二十七パラグラフ）。かれらのなかには学校の教員や警察官をしているものもいた。祖母の家を出て、首都に移ったときには、まわり中が見知らぬ人たちであった。白人もいた。ポルトガル人もいた。中国人もいた。ヴェネズエラがスペイン領であった頃に来たスペイン人の子孫たちもいた。

たとえば別の国の人であれば、大人の会話から自分たちについての知識を間接的に得ることはできるであろう。ナイポールにはそのような経験がなかった（第三十パラグラフ）。トリニダードでは、賢い少年であったナイポールでさえ、「闇の領域」にかこまれて暮していた（第三十一パラグラフ）ということになる。もっとも「闇」と表現したのはナイポールのほうであって、相対的に考えれば、外の世界から見て、ナイポールのいた環境のほうが「闇」ということもありえる。

学校では「事実」や「公式」をたたきこまれるばかりであった。ただしだれかの「プラン」や「プロット」があったわけではない。「限界のある社会的背景」をもってしては、「他の社会」、「はるか遠くの社会」について理解することはできなかった。畢竟、時空間を越えたものとの相性がよくなる。それがアンデルセンやイソップの世界だったという。小学校高学年になってやっと、モリエールやシラノ・ド・ベルジュラックを理解しはじめる。お伽噺の世界のようであったからだという。ナイポールが若い頃に政治的になれなかった事情がこのあたりと関係している。政治は具体的なものだからだ。

作家になったナイポールが主題としたのは、子供の頃、かれの目に「闇の領域」と見えたものだった(第三十二パラグラフ)。「先住民達、新世界、植民地、歴史、インド、イスラム世界」、「アフリカ」、「イングランド」といったものだ。ナイポールの作品の源泉は「単純」であると同時に「複雑」であるという。自分の作品の「パタン」というものについて自分が理解するのは、かなりあとになってのことだ。ナイポールにとって、自分の仕事を人に説明することほど難しい作業はなかったようだ。この点は弟シヴァ・ナイポールの「梗概」を書くことが苦手だったということにもつながる。シヴァにも自分がこれから何をしようとしているのか、人にうまく説明することができないところがあった。しかし、書き始め、書き続け、作品を仕上げ、しばらく経つと、自分のしたかったことがわかる。「なぜオーストラリアか?」、つまりなぜオーストラリアを本の主題として選んだのかと問われるたびに、シヴァ・ナイポールは答えに窮する。

ところが、シヴァは小説の始まりと旅の始まりを比べながら、すぐれた洞察を残している。『終わらなかった旅』の冒頭で、シヴァは自分が書き記した「すべての旅はおなじように始まる。旅はすべて一種の自己消滅である」という言葉を反芻する(『終わらなかった旅』、原著六七頁、工藤訳一二三頁)。[注5] シヴァは「絨毯」を持ち歩くタイプの人ではなかった。「絨毯」とはその人物そのものと言ってもよい。シヴァは初対面の人に警戒心を与えないという自らの雰囲気について、それも場合によっては悪いものではないと考える。

わたしのような旅行者にとって——出版社や出版代理業者の大好きな要約に都合よく一括できるような確たる目的、確たる動機を欠く者にとって——この同情の雰囲気はそれなりに効用性をもっている。ほかになんの得はないとしても、それは思いがけない人間的接触に手を貸してくれる——そして人間的接触は(どんな幸運に巡りあえるかも知れないのだ)想像もしなかった魅力に充ちていることもある。(『終わらなかった旅』、原著六七頁、工藤訳一二四頁)

シヴァとナイポールでは人との出会いのかたちがまるで違っていた。シヴァは偶然に身をまかせ、結末の予期できぬような出会いを尊ぶ。ナイポールの出会いには取材といった職業的な雰囲気がつきまとう。それでも『インド：闇の領域』あたりだと、まだ、旅の偶然が場を支配しているが、『アフリカの仮面』といった二十一世紀の作品の出会いは、偶然すら仕組まれているように読めてしまう。もっとも、それがまたナイポール愛読者にとっては、作品を面白くもしている。

旅はそうあって欲しいものであるが、偶然、直感、予感に頼って行路をたどるうちに、おのずから正統なものとなり、さまざまな型をおび、可能性を明らかにしてくれるだろう――重層的な意味をさえ明らかにしてくれるであろう。そういう精神で行われる旅――すなわち、旅に駆りたてた衝動の曖昧さを認めたうえでの旅――は、想像力の所産に似ている。たとえば一編の小説に。(『終わらなかった旅』、原著六七頁、工藤訳一二四頁)

ここでいう「想像力の所産」とは文学作品のこと。シヴァにあっては旅も、「想像力」をかたちにすることも、かけ離れたことではない。

小説を書きはじめるとき、当初は手元に散漫な謎めいたイメージ、はかない感情や直感の断片しかないことがある。それらがまとまって可能性の暗示を創りだす。文学的労苦はその可能性を掘り起こして地表へもちだし、それに形を与える。書きだすときにはどこへ行こうとしているのか、なぜ行こうとしているのかは必ずしもわからない。(『終わらなかった旅』、原著六七頁、工藤訳一二四頁)

シヴァは作品を書きはじめる前の書き手の頭のなかの模糊とした状態と書きはじめてからの作家の頭のなかの試行錯誤、ちょうど、旅にあって、道を間違えることや、思い通りの道を進むといったことを、実にうまく言葉で表現してみせた。

ナイポールは「霊感を重んじる作家」だった。「プラン」も「システム」もない。あるのは「知識」、「感情」、「才能」、そして「世界観」。「これらは一冊ごとに進化した。「自分が本を書かなければならなかったのは、自分の欲するものを与えてくれる主題について書かれた本がなかったからだ。私は自分のために世界をはっきりと理解し、解明する必要があった」（第三十三パラグラフ）。書き尽くされたあとに世にでた作家というものがイギリスにはいた。ナイポールも危うくその仲間になりかねなかったが、そもそもイギリスという場について書かれたものに理解も関心も及ばなかったことがかえって幸いした。そうして冷静に英文学の総体を眺めて見ると、自分の書きたいことはそのなかになかったのだ。英文学は植民地に育った人々の生活、感情、その起伏、そして生涯に関心などなかった。

また、ガンディー、ネルー、キプリング、ジョン・マスターズ。かれらの書き残したものから学びもしたが、十分ではなかった。かれらは都市の住人であり、ナイポールの一族がかつて暮らしていたようなインドの出身ではなかった（第三十四パラグラフ）。

自分にかかわるインドについて解明していく過程で、アフリカ、南アメリカ、イスラム世界も見えてきた。ドイツや中国について書いてはと言う人々もいたが、そうした土地に関しては、すでに十分に優れた著作がある（第三十五パラグラフ）。前が見えないときは、ただ本を書いて仕上げるということだけを望んだという（第三十六パラグラフ）。

第三十七パラグラフ目でようやく自作に触れる。それまでは、自作に聴衆を導き入れるための前提であったのかもしれない。「ヴェランダ」と「ストリート・ライフ」とあるから『ミゲル・ストリート』を念頭においての話だ。

話はトリニダードを舞台とした最高の傑作『ビスワス氏の家』へと移る。これを書いているとき、ナイポールの野心は日に日に膨らんでいった。しかし、書き終えてみると、もうトリニダードには書くことがないという気にすらなる（第三十八パラグラフ）。

書けないと思い始めたナイポールをひとつの「アクシデント」が救い、「旅人」となった（第三十九パラグラフ）。ひとつは『中間航路』として結実することになる旅の依頼、もうひとつは『インド・闇の領域』として結実することになるインド滞在だ。「直感」に突き動かされて小説を書いて来たナイポールが、目の前の風景の移り変わりに合わせてものを書いていくという手法に、はからずも手を染めることになった。「単純」というのは、ある意味で、この段階くらいまでを指すのであろう。旅行記の執筆を終えて再び手をつけた小説の内容は「複雑」きわまりないものであったから。

植民地的スキゾフレニア

ナイポールは、よほどの思い入れがあるのであろう、ここでその「複雑」な作品のタイトルを特定する（第四十パラグラフ）。一九六〇年代、ウガンダのマカレレ大学に滞在中、ポール・セローと初めて出会ったころに書いていた作品だ。作品は『模倣者たち』。しかしそれはたんに模倣についての本ではなかった。

はじめのうちおよそ人類のおかれている状況を模倣し、しまいに自分のまわりのすべてを信頼しなくなる植民地の人々についての話だ。先日、この本の数頁を読んで聴かせてもらった――もう三十年以上もこの本を見ていなかった――そして私は植民地的スキゾフレニアについて書いていたことに気づいた。しかしかつてそのように考えたことはなかった。私はこれまで書くという自身の目的を抽象的な言葉で表現したことはなかった。もしそうしてきたら、私は本を書けなかったであろう。この本は直感的に書かれ、細かい観察から書かれたものだ。

（『文学論』一九三頁）

ナイポールがここで自分の初期の生活を眺めたのは、かれの出生地が「単純」な場から「複雑」な場へと変化したからだ（第四十一パラグラフ）。つまり「通りのコメディが広範囲にわたる分裂病」の分析へと変化した。

ナイポールにとってはフィクションも紀行も同程度に価値を持つ（第四十二パラグラフ）。紀行で重要なのは、書き手が旅先に身をおいたときにかれのまわりに登場する人々だ。そこで、ナイポールの紀行では、新たな場への到着にまつわる一連の厄介が描き尽くされたあと、固有名詞が突然のように登場する。ロンドンで亡くなったラモンの生涯など『インド：闇の領域』にその典型のいくつかがあることはすでに見た。

ナイポールは創作において「直感」のみをたよってきた。「文学的」であれ、「政治的」であれ、「システム」というものを持たなかった。R・K・ナラヤンもそうであり、ナイポールの父もそうであった（第四十三パラグラフ）。かれらは「ユーモア」と「哀感」に向かう傾向があった。「権威」というものから距離のある存在であったからだという。父のこの傾向について、ナイポールは『中心の発見』のなかの「自伝へのプロローグ」で、たくみに表現している。父もまた政治からは距離のある人物だった。政治といってもトリニダードの島全体を巻き込むようなものではない。妻の母、つまりナイポールの祖母を中心としたインド人コミュニティーという小さな世界での政治についてさえも不得手なところがあった。

第四十四パラグラフ、そろそろ講演も終わりに近づくころ、いささかの唐突感を与えつつ、ナイポールはアルゼンチンに言及する。ここでアルゼンチンを出したのは、ひとつには自分の書き物が「政治的」ではないということを示す傍証を出しておきたかったということがあろう。もうひとつには、アルゼンチン滞在のおりのマーガレットという女性の記憶が、受賞講演執筆にあって、強烈であったからかもしれない。続く第四十五パラグラフで、その後のアルゼンチンも、「理性」を駆逐し、「生活」を消費しているという状況が続き、「解決」はほど遠いと嘆く。

講演はまとめに向かう。これまで書くことができたことを「恵み」とか「奇蹟」と表現する（第四十六パラグラフ）。プルーストの次の言葉を引く（第四十七パラグラフ）。

「われわれに才能があれば書ける美しいものはわれわれの内部にある。ただしそれは、ちょうどわれわれを歓喜させるもののその概要をふたたび捉えることのできぬメロディーの記憶のように、曖昧だ。はっきりと知ることのできなかった真実の曖昧な記憶に、とらえられたものこそが才能に恵まれたものだ。(中略)才能とは、最終的にこの曖昧な音楽を自分に引き寄せ、それをはっきりと聴き取り、書き記すことのできる一種の記憶に似ている。(『文学論』一九五頁)

なぜ書けるのかということについて、「才能」とプルーストが呼ぶものを、ナイポールは「幸運」と表現し、さらに「労働」を加える(第四十八パラグラフ)。

インド系移民三世にしてトリニダードで育ちイギリスに帰化した人物がここで、ただ書くという行為ひとつについての考察を通してプルーストと結びつく。

この引用はまたナイポール的反復をも説明する。ナイポールは同じことを何度も書く。それを批判的に反復と呼ぶ人もいれば、同じことが微妙に変えられた表現で言い換えられることを評価する人もいる。たとえば、自分の父親のことにつきナイポールは何度表現を変えて書いてきたことか。これとてもプルーストの引用に照らして考えれば、ナイポールの考える父親についての真実に何度も近づこうと試みた末のことと解釈できなくもない。まずは、『ビスワス氏の家』で父親像を書き尽くす。それはそれで、少年時代のナイポールが見た父親のある種の真実を伝えているので、文学作品として成立する。次に別のところで父について書く。たとえば『中心の発見』の「自伝へのプロローグ」。ここには五十歳前後の作家ナイポールが見直した父親像がある。少年時代からこの年齢まで、作家の側にさまざまな経験の蓄積があったろうし、父親についての新たな発見、一族についての新たな発見もあった。インドで母方の祖父の関係した人々に会ったこと、父親と母方の祖母およびそのまわりの人々との間に大きな亀裂があったこと、このふたつだけでも、ナイポールの父親像を変えるに十分な出来事であった。そこで父親につき、また書き直すということになる。『ビスワス氏の家』の父親像も「自伝へのプロローグ」の父親像も、ともにそれらを書いていた時点でナイポールが精一杯、プルースト風に言えば、記憶に表現を与えた結果だ。

そういう作家であるから、自分の子供時代の通学路という実にありふれた光景を描いても、それは十分に文学作品として読むことができる。「自伝へのプロローグ」のナイポール青年が自転車で走った道も、『アフリカの仮面』の南アフリカのハイウェイも、そのような姿勢で描くとすべて文学になる。

このことは文章を書き始めるとき、自分の思考や文章そのものがどこに辿り着くかわからないというナイポールや弟シヴァの感慨につながる。かれらがジャーゴンを嫌う理由だ。ジャーゴンや専門用語にたよれば、何が書かれるか、ひとつの書き物の到着点はどこになるかということの予想がついてしまう。書き始めでどこに行くかわからないという認識こそ、またそれゆえにどこかに到着しなければならないと考えつつ書くからこそ、読者もその文章のたどるいわば道を堪能することができる。書くという行為そのものが書かれるべきものに至るまでの探究の旅、それを適切に描く表現に至るまでの旅ということになる。

「二つの世界」は、ナイポール理解に格好の材料を提供する。ここでかれは聴衆（つまり読者）に自作のなかで記憶から呼び覚ましてほしいと望む作品にさらりと触れる。作品名に言及せず、暗示にとどまるものも含めると、ありふれた通りの人々を描いた『ミゲル・ストリート』、トリニダードものの集大成で、これを仕上げたあと書くことがなくなったという気にもなったという『ビスワス氏の家』、テーマの枯渇のなか、活路を開くことになった紀行二作『中間航路』と『インド：闇の領域』、「単純」から出発して行き着いた「複雑」についてのひとつの表現である「植民地的分裂症」を特徴とする『模倣者たち』、講演の終盤で唐突に言及される『エバ・ペロンの帰還』、対象地域の人の姿こそ重要という認識で書かれた『インド：新しい貌』といった作品だ。

アフリカ、アメリカ南部、イスラム世界、ロンドンを舞台とした作品についてはは地域だけの言及に終わった。そうした作品についての記憶はナイポールのなかで低かったという言い方もできるが、ノーベル文学賞受賞後、別の作品を用意していたからという言い方もできる。事実、アフリカなどは、ここまでの時点で、『自由の国で』、『暗い河』、「ヤムスクロの鰐」と書き、その後、二〇一〇年に『アフリカの仮面』を発表することになるのだから。先の「分裂症」の具体例は『アフリカの仮面』のいたるところに見られる。また、インドに三作があるように、『イスラム紀行』に『イスラム再訪』があるように、ロンドンがかなりの舞台である『模倣者たち』にも『ある放浪者の半生』や『魔法の種』もある。

生まれた時代の巡り合わせも重要だ。トリニダードの歴史とナイポールの個人史の絡み合いをめぐるさまざまな説明もこの講演で見逃せない。アボリジニのこと、自分たちインドからの移民とその子孫が、かれらの土地にいわば絨毯を敷くようにインドを持ち込んだということ、八歳で祖母の家を出て、首都に住み始めたこと、その後、丘陵地帯に移ったこと、自分より五歳下の年齢のものたちは子供時代に叙事詩『ラーマーヤナ』に触れることができなかったこと、ひとつひとつの作品というかたちで結晶化するナイポールの人生のさまざまなステージ。それらこそまさしく今世紀初頭のノーベル文学賞受賞に際し、ナイポールが振り返った出来事の数々であった。それらは、母方の祖父の大冒険（『インド：闇の領域』のなかのジュソッドラの話）や父方の先祖の逸話（『中心の発見』の中の「自伝へのプロローグ」）にまさるとも劣らぬほどに大事な出来事であった。そのあとは、もう、それぞれの作品の出版そのものが作家の自伝にとって重要な出来事となっていくばかりだ。そして、これまでに出した本の総体こそが「私」であるという認識に至る。

文章というものは書き始めないと、どこに辿り着くかわからない。最初から目的地のわかっている文章は、面白みに欠けるところさえある。「二つの世界」は、ナイポールの多くのエッセーがそうであるように、書くことについての考察だ。最初の作品を書いた経緯、書き続けてきたという自覚の吐露、書くことの原動力が、結局「運」であり「労働」であるということが、平易な言葉で語られていく。興味深いのは、書き始めるまでどこに辿り着くかわからないとナイポール自身が考えている点だ。これは、ひとつの作品を書き上げると憔悴しきるという編集者ダイアナ・アシルの証言にもつながる。

ナイポールはプルーストに触れるにあたり「植民地的分裂症」を経験することはなかった。なぜなら、講演最初の箇所でその表現を引いたこの作家に対し、最後までその評価を翻すことなく、講演最後の一行にまでプルーストの言葉を引いたからだ。ナイポールはプルーストの言葉をそのまま引用する。そこに批判や過大評価は入らない。

ナイポールがここで暗示した作品のなかで、二十世紀の作品であるとは言え、筆者がこれまであまり言及してこなかった作品が二つある。『エバ・ペロンの帰還』と『アメリカ南部紀行』だ。

なぜ筆者がこの二作品にそれほど注意を注いでこなかったかという理由は、単なる怠慢に加え、いくつかある。まず、インドやアフリカだけでも日本から遠い世界であるなか、アルゼンチンという国が、トリニダードの対岸のヴェネズエラからさらに下った地域であったことが関係している。ブルース・チャットウィンにとって『パタゴニア』が遠い世界であった以上に、日本からのアルゼンチンは遠いかのように思われた。その距離を縮めてくれたのはパトリック・フレンチの最新のナイポール伝『世界はあるがまま』に登場するアルゼンチン人のマーガレットの存在であった。

『アメリカ南部紀行』についてはむしろ反対の理由からこれを遠ざけていた。二〇〇一年のノーベル文学賞受賞を機に『ある放浪者の半生』に続けて、この作品も読んでみた。ただ、当時、あらかじめ筆者の頭のなかに入っていたアメリカ南部についての知識と『アメリカ南部紀行』の内容とがどうもうまくからまなかった。ロンドンという英語圏の国の首都にいて、どうしたわけか、想像力はむしろ『ある放浪者の半生』の舞台である目の前のロンドンに加え、インドやアフリカに飛んでしまった。

エッセー全体、とくにこのアンソロジーのなかでは初出の「二つの世界」を詳細に見たところで、パンカジ・ミシュラによる序文の内容に移る。ミシュラは、ナイポールが父のおかれた状況を十九世紀前半のロシアの状況と比較している点から筆を起こす。父「シーパサドは、農民という自らの出自から遠くはなれ、長い旅をし、ジャーナリズムを通して文学という天職を発見するが、書くべき対象を少ししかもたなかった」(『文学論』序文ix頁)。植民地世界であったトリニダードは、ロシアの場合より、はるかに西欧の中心に依存せざるをえなかった。さらに『読むことと書くこと』からの引用を交え、トリニダードには書くに足る「社会」がなかったというナイポールの主張を紹介する。「文学の真の主題」はヨーロッパにあり、主題が存在しうるためには「安定した歴史的秩序」と「確立した社会的、市民的生活」が不可欠なのだという。現実のナイポールはこのヨーロッパ的中心から離れ、ポート・オブ・スペインの熟知した通りの世界を書くことから創作生活にはいった。四作目の『ビスワス氏の家』までで、トリニダードという土地を十分に書き尽くす。巡り合わせから紀行に軸足を移す。しかし「紀行は小説よりもいっそう切り離しがたく首都の、帝国の伝統の一部」(『文学論』序文xi頁)であった。ナイポールには「モデル」がなかった。キプリング、ナラヤンといった多数の作家のいずれも見本とはならなかった。ただジョゼフ・コンラッドのみがナイポールの助けとなった。コンラッドこそ、ナイポールの前に、世界を見、そして世界について考えた人物であったからだ（『文学論』序文ｘｖ頁）。「ナイポールほど世界の歴史の皮肉にたえず考察をめぐらせた人物もいない。しかもコンラッドの穏やかな、いくぶん自己満足的な憂鬱とは正反対の活力をもって」（同）。ナイポールはそのひとつひとつの著作によって「より明確な世界のヴィジョン」に到達しているという（同）。一冊ごとに何かを「発見」する。ミシュラは序文の最後のパラグラフをこう結ぶ。

自分のアイデンティティーの断片的側面を認識すること、それがいかに自分をつくりあげていくかを理解すること、苦痛に満ち、驚愕すべき過去について何が必要であるかを理解し、その過去を自分の存在の一部として受け容れること——この絶え間なきプロセス、歴史に深く根ざした個人の自我を、実際、思い起こし、再構築することこそ、ナイポールの作品の多くがやむにやまれず関わってきたことである。（『文学論』序文xvi）

『文学論』には、ナイポールの作品にめずらしく索引がついている。『ある放浪者の半生』を扱ったときと同様に、ここでもキーワードを拾い上げておく。ただし、固有名詞や地名には触れず、テーマに限定する。

また、ひとつひとつのキーワードについてナイポールがどのようにそれを使っているかは、この本の実際の頁をめくればわかることなので、ここでは、キーワードを確認しつつ、必要とあれば、筆者個人ならばどうそれを展開するかという点に軸足をおいて話を進める。

「アボリジナル・ピープル」。かれらの生活の場にインドからの移民はインドという「絨毯」を広げた。この「絨毯」のたとえは、移民一般が携えてきた故郷というものにまつわるすべてを表現するわかりやすい比喩だ。

「アパルトヘイト」。ナイポールからやや離れるが、日本にいて南アフリカを理解する助けとなる映画がいくつかある。まずは『ガンディー』。次に『マンデラの名もなき看守』。そして『シュガーマン』。『シュガーマン』はシカゴ近郊出身のロドリゲスというメキシコから移民した人物を父に持つ歌手で、家の近くの酒場で歌い歩いていた。ある日、プロデューサーの目にとまり、レコードを出したものの、北米での売り上げはごくわずかであった。ところがカセットテープというかたちで南アフリカの人々にその曲が知れ渡り、特に南アフリカの白人の間で絶大な人気をほこった。ロドリゲスの歌にひかれレコード店を開いた人物が、ロドリゲスの消息を追う。ロドリゲスについては舞台で自殺したという噂まで流れていた。ロドリゲスは生きていた。シカゴ近郊の街で、肉体労働をし、三人の娘を育てた。大学にも通い、哲学を学んだ。南アフリカのロドリゲスファンたちの尽力で、南アフリカでコンサートが実現する。ロドリゲスの消息を追った人物のひとりがひっかかったのは、歌詞のなかのある地名であった。その小さなヒントから、かれはロドリゲスに辿り着いた。

「到着というテーマ」。『到着の謎』を持ち出すまでもなく、ナイポールの終世のテーマだ。『インド：闇の領域』の冒頭の空港場面、『インド：傷ついた文明』の冒頭の空港の場面、それらはみな一見具体的な記述と見えるが、実はナイポールにとってはいわば儀式化した旅の始まり、そして考察でもある。

「自伝」と「伝記」。ナイポールはローリーやマンビーといったそれぞれの生きていた時代において個性的な人々の伝記に強い関心を持っていたが、他方、トリニダードからロンドンに来て、無残な死をとげる男の生涯にも関心を抱いた。『インド：闇の領域』のラモンのようにふつうには伝記の対象になりにくい人物の生涯を淡々と書いていく。それもまた一種の伝記ということになる。『魔法の種』のロジャーの語るマリアンの話にしても、それは小さな伝記だ。

「カースト制」。「子供の労働」。「クラブライティング」。「植民地的エグザイル」。「植民地主義」。「文化的混乱」。「叙事詩」。「特別クラス」。「ファンタジー」。「黄金」。「想像力」。「年季契約制度」。「模倣」。「ジャーナリズム」。「言語」。「文学的野心」。「作家の運」。「作家の神話」。「小説」。「石油」。「プランテーション」。「送還」。「性」。「奴隷制」。「紀行」。「菜食主義」。読者はこれらの言葉からナイポール作品のさまざまな世界へと至る。

書き尽くされぬこと

索引を見たところで、ひとり、ナイポール読解で見逃せぬ作家に触れておきたい。『エバ・ペロンの帰還』におさめられた四つのエッセーのひとつに登場するコンラッドだ。(注6) このエッセーの原題は「コンラッドの闇と私の闇」で、発表は一九七四年七月とあるから、ナイポール四十二歳前後の作品だ。冒頭は、コンラッドに戻って来るまでには、ずいぶんと時間がかかったという告白から始まる。これはコンラッドのしてきたことを理解するのに時間がかかったとも見える言い方で、コンラッドの難しさはナイポールをしても、容易ではなかったということになる。ここで筆者がナイポールにあやかって言うのも僭越ながら、筆者にとってもナイポールの「コンラッドの闇」は理解しにくいエッセーのひとつであった。邦訳が一九八二年に出ていたにもかかわらずだ。筆者の場合は、コンラッドの読みが十分でなかったということが原因している。どうもコンラッドはすらすらと読めない。『闇の奥』を読み始めては頓挫する。『ロード・ジム』を読み始めては他に目が行く。というわけで、今、このエッセーを再読して、「そして南アメリカを描いた『ノストロモ』があった。錯綜する登場人物と主題、わたしはそれをとても読み通すことができなかった」(『エバ・ペロンの帰還』原著一六七頁、工藤訳二三七頁)という箇所を読んで、膝を打った。それでも、ナイポールの「コンラッドの闇」を読み続ける理由は、コンラッドではなく、また言及されているハーディ、イプセン、その他の作家のことを知りたいからではなく、ナイポールのことを知りたいからだ。

コンラッドはナイポールが出会った最初の近代作家であった。ナイポール十歳のとき、かれの作家志望の父は『ラグーン』を息子に読み聞かせた。ナイポールは『ラグーン』を評価する。「わたしがこれを純粋な虚構と呼ぶとするなら、それはこの物語が自身で語り、物語と読者の間に作者が介入しないためである」(『エバ・ペロンの帰還』原著一六三頁、工藤訳二三二頁)。続いて『カレイン』

に移る。ここで「われわれは併置されたふたつの文明について考えることを求められる。開放的で信仰を伴わない文化と閉鎖的で古来の魔法に支配されている文化、『外の闇の縁』に位置して世界を探る文化と世界の狭い一部分に閉じこもった文化について」（『文学論』原著一六四頁、工藤訳二三三頁）。ナイポールもふたつの文化の往来にこれまでの時間を費やして来た。コンラッド同様、ナイポールにも始めから書くべき何かが目前にあったわけではなかった。そこで、コンラッドの次のような主題に対する姿勢を評価する。

〔自分の〕主題の進路が組織された社会生活の踏みならされた道から外れたところにあるとするなら、それはたぶんわたし自身が、幻滅のありとあらゆる危険をわたしに乗り越えさせてくれたがゆえに、紛れもなく本物であったといって差し支えない衝動に従って、早い時期からそうした道からまがりなりにも脱却していたからである。
（『エバ・ペロンの帰還』原著一六五頁、工藤訳二三四頁）

細部において、ナイポールはコンラッドの手法に与しないが、その点は、今は重要ではない。コンラッドと距離をおこうとしているナイポールの書きぶりが重要なのだ。『ロード・ジム』はナイポールの心をとらえなかった。『密偵』については、「ほとんど始まるや否や終わっているかに見える警察物のスリラー」（『エバ・ペロンの帰還』原著一六七頁、工藤訳二三七頁）と形容する。コンラッドには「驚嘆」という天分が不足しているという。これは書いている最中に、対象に驚きを覚え、発見をしていくナイポールの姿勢とは明らかに異なる。コンラッドは、ミシュラも『文学論』の序文で述べているように、どこか冷めている。「コンラッドの小説は入念な注釈が施された映画のようなものだった」（『エバ・ペロンの帰還』原著一六七頁、工藤訳二三八頁）とさえ言う。ナイポールにとって「コンラッドを理解するには、体験において彼と肩を並べはじめることが必要だった。さらにまた小説は何をすべきかについて自分の先入観を捨て、とりわけ小説ないし風俗喜劇の微妙な腐敗から脱却することが必要だった」（『エバ・ペロンの帰還』原著一七一頁、工藤訳二四二頁）。日本の現代の読者もこの「風俗喜劇の微妙な腐敗」のなかにいる。結局、コンラッドの傑作とはナイポールにとってどのようなものであったか。最初の読書で見過ごした箇所が再読で急に意味を持ってくるというときに、にわかに作品の評価が高まるのだという、おそらくこの二度の読書の間に読者としてのナイポールの経験の蓄積があるのであろう。実は、ナイポールの作品にもそのようなところがある。何気なく読み飛ばした箇所が、再読で意味を持ち始める。それにはおそらく読者の経験の蓄積が関係しているのであろう。コンラッドは「瞑想」の作家である。書きながら、「発見」をする作家ではない。そこが、ナイポールと決定的に違うところだ。始めに警句がある作家、始めに、場合によってはすべてがある作家、それがコンラッドだ。ナイポールには始めに何もない。一冊書き終えてはすべてを出し尽くしたと感じる。しかしまた書き始める。書き始めることによって主題が立ち現れる。「幸運」のなせるわざでしかない。

第三章

『魔法の種』（二〇〇四年）

二度目の土地、人

『魔法の種』は『ある放浪者の半生』の続編にあたる。といっても『魔法の種』だけから読み始めても、訳者斎藤兆史氏の言うように、作品が楽しめないということはない。ただ、ここでは、二十一世紀のナイポール作品をフィクション、ノンフィクション問わず、ひとまとめにして考えているので、『魔法の種』の読みに際しては、少なからず『ある放浪者の半生』に遡ることにする。

登場人物は放浪の男ウィリー、その妹のサロジニ、ウィリーの友人で編集者だったロジャー、ロジャーの妻パーディッタと、かなりの人物が重なるし、かれらの二作品における変化の様子が鑑賞の要でもある。『魔法の種』を虚心に読んでもなお残るナイポール的世界を語りうる要素をいくつか拾い出してみよう。

まずは冒頭での暗示に注目したい。『魔法の種』の冒頭、第一章に先立つところに半頁ばかりの語りがおかれている。内容は、主人公ウィリーのゲリラ活動時代のもので、その時期のウィリーの内面の要約だ。話はゲリラ時代からその後の世界へと展開し、その移動にともなう精神的側面につき、作家はひとつの部屋から別の部屋にうつったかのようであるとまとめる。われわれは生のさまざまな段階であたかも部屋を移動するように、空間を変えていく。空間が変わればすべきことも変わる。周囲も変化していく。

冒頭一頁で読者に察しがつくのは、まず、この作品でウィリーがゲリラ活動に入るということ、そして、ウィリーが作品の最後でもおそらく死に直面することなく生きながらえているであろうということだ。作中人物の命が最初から作家によっていわば保証されている。

ナイポールの作品をここまで読んで来た者であれば、この冒頭の書き方が『ビスワス氏の家』の冒頭に似ていることに気づく。『ビスワス氏の家』では、最初の三頁が作品全体の要約の役目をはたす。ビスワス氏が作品の最後で亡くなることも明らかにされている。結末がわかっていながら読者は作品を読む。ある意味で読者はビスワス氏の死に向かって進んでいく。ナイポールは現時点で最後の小説『魔法の種』の書き出しを、最初の長編小説『ビスワス氏の家』の手法と重ねた。

『魔法の種』の冒頭の暗示は作品内容の要約と呼ぶにはあまりに曖昧だが、作品中には、記憶のうすれかねぬ読者のためか、あるいは、作家自身が執筆という昇り階段で踊り場を必要としたのか、要約そのままとれる箇所がいくつかある。たとえばウィリーの過去の生活に関する次のような箇所だ。

ウィリーは、自分が身を横たえた寝床の数を数えるのをとうの昔に止めていた。インドで子供時代から思春期までを過ごした。ロンドンで三年ほど不安な生活を送った。旅券の記載によれば学生ということになっていたが、じつのところ、どこにたどり着くかも、どのような生活に落ち着くかもわからぬまま、過去の自分からできるだけ遠ざかろうとしている放浪者に過ぎなかった。それからアフリカで十八年過ごした。他人の人生を生きるだけの、目的のないあっという間の歳月であった。（中略）

だが、帰り着いたインドの地は、彼が編み上げたものをばらばらにほどいてしまった。もはや模様はおろか、糸すら見えない。何か行動を起こそうと、今度こそ世界のなかで居場所を確保しようと思って帰ってきたはずだった。ところが彼は漂流者となり、世界はいままで以上に変幻自在に形を変えた。（『魔法の種』原著一五〇―五一頁、齋藤訳一七六―七七）（注7）

断片から全体をつくり上げること、その行為自体への言及。このふたつも小説の技法に関わることとして論じて差し支えなかろう。この箇所は、作品もだいぶ進行し、ウィリーがロジャーとパーディッタの助けでインドの拘置所から出て、ロンドンのロジャーの家に腰を落ち着けてからのことだ。ウィリーがかれらと初めて知り合ってからすでに三十年近い歳月が流れている。その間、ウィリーはアナとアフリカで生活をし、さらにインドでゲリラ活動を行った。こうした時間の空白の後では、いくら若いころに多少ともその生活のありようについてお互いに知っていたという間柄でも、再会の当初は、現在の相手の生活ぶりをただちに理解できない。そこで、初対面の時と同様に人は相手に関する断片から相手の人間像をつくりあげていく。そのことをナイポールは、第十一章「だまされやすい人たち」に先行する第十章「根っこに打ち込む斧」の最後で「ロジャーの言葉の断片をすべてつなぎ合わせると、彼は次のようなことを話したことになる」という具合に、また後続の第十二章「魔法の種」の冒頭で「何週間にもわたってロジャーが順不同で断片的に語ったことをつなぎ合わせると、以上のような話になった」という具合に明示的に読者に示す。

ロジャーの語った断片から作家がつなぎ合わせた話、つまり第十一章「だまされやすい人たち」は、『魔法の種』のなかでも、もっとも面白い章だ。この章に関しては、ロジャーの相手マリアンを見るときにまた触れる。

そのマリアンという女性の話に至る前に、ウィリーが二十八年ぶりに到着したロンドンについて触れておく必要がある。二十八年という数字は、ときに大雑把に三十年と表現されることもある。今、ウィリーの年齢は五十二歳だ。『魔法の種』の第八章は「ロンドンの豆の木」というタイトルだ。ウィリーは冒頭でロンドンの空港に到着する。入国審査の様子や乗客やスーツケースやダンボールの荷物が描写される。ナイポールの作品では空港や駅が重要な舞台となる。『ミゲル・ストリート』の最後は空港から十八歳の青年がニューヨークに飛び立つ場面であった。そのクライマックスが飛行機の遅れでアンチクライマックスに終わるところさえも、物語の仕上がりに貢献した。『インド：傷ついた文明』の冒頭も、飛行機がムンバイの空港に降り立ち、地上を走る場面から始まる。そこにはアラブ人や日本人の乗客が登場した。

ウィリーのロンドン入りも空港からしか始めようがなかったのかもしれない。空港に出迎えていたのはロジャーだった。『ある放浪者の半生』でウィリーの短編集の出版に尽力した編集者だ。二十八年ぶりの再会で、ウィリーはつい三十前後のロジャーを探してしまう。実際のロジャーは、およそ六十歳の男という計算になり、ウィリーはおおよそ五十歳の男ということになる。ウィリーはナイポールと同世代の生まれに設定されているので、一九三〇年代初頭にインドに生まれ、今、この空港での再会は、時代的には一九八〇年代初頭ということになる。

再会後間もなくして、ウィリーが最初に言及した人物がオックスフォード・ストリートにあるデパートのデベナムズの化粧品売り場の女性ジューンであったのは偶然ではない。ジューンはロンドンでウィリーに最初に強烈な印象を与えた女性であったからだ。そして今はロジャーの妻となっているパーディッタ、ウィリーが結婚し、東アフリカで十八年間を共に暮らしたアナが続く。

ロジャーは迷うことなく「太っているだろうな。不貞を働いたり、男に裏切られたり、この邪悪な世界を嘆いているだろう。見栄っ張りで、おしゃべりで、前よりも俗っぽくなっていて、女ってものは、僕たちが考えるよりもずっと即物的で浅はかな生き物だよ」（『魔法の種』原著一七一頁、斎藤訳二〇〇頁）と断言する。ロジャーがそう言い切るにはそれなりの理由があった。

作家の関心は時間の経過にある。二十八年という時間、それは作家が決めた時間でしかないのだが、その時間の経過のなかで、作中人物ロジャーに人やものやロンドンといった場所がどのように違って見えるかということが、この作品のここからのテーマとなる。ジューンの話題はその手始めで、作家の本当の関心はパーディッタの変化、ロンドンの変化、そしてマリアンという女性の今日に至るまでの生活ぶりだ。

ロジャーの妻パーディッタは、ロジャーの説明によると、かれの思った以上に俗物だった。ロンドンに豪邸を構えるロジャーの友人と親しくなり、その友人は人の妻を愛人にし、パーディッタのほうは、豪邸に出入りするようになった。パーディッタとロジャーの友人は一時疎遠になったものの、また関係が再開する。こうした出来事を、ロジャーは、「個人的ドラマ」と表現し、同じようなドラマがロンドンのここかしこで進行しているとウィリーに言う。穿った見方だ。結局、人間の集まるところ人間関係のあれこれしかないとも言える。

ここでロジャーは「ロンドンの豆の木」という表現を使う。三十年近く昔に住んでいたマーブル・アーチにあった家が「種の豆」、そこから住宅という「豆の木」をのぼり、今、セント・ジョン・ウッドの家までたどりついた。「家自体は大きかったが、階を二つ上がって彼らが入った部屋は小さかった。（中略）しばらくして、彼［ウィリー］は一番大きな部屋に下りていった。その半分は居間であり、半分は台所兼食堂であった」（『魔法の種』原著一七六頁、斎藤訳二〇六頁）。

インドのゲリラ生活を経験したウィリーは、自分にあてがわれた部屋を堪能し、窓からの景色に酔い、ロンドンという土地の魅力をふたたび味わう。「俺は自分の部屋で寝たことがない。子供のとき、インドの自宅にいたときも同様だ。ここロンドンでもそうだ。アフリカでもそうだった。いつもだれかの家にいて、人の寝床で寝ている。もちろん森には部屋などなかったし、拘置所は拘置所だ。自分の部屋で寝るときが来るのだろうか?」(『魔法の種』原著一七七―七八頁、斎藤訳二〇八頁)。究極の居場所、最低限の居場所を寝る場所と考えると、ウィリーには、その寝る場所がなかった。読者の脳裏に「教えてくれ、誰を殺せばよいのか」のサントシュの敷物が、あるいは『模倣者たち』のシャイロック氏の屋根裏部屋の敷物が、さらには『作家をめぐる人々』のナイポールの祖母のマットレスが浮かぶ。ウィリーは自分の絨毯を持ち歩かぬ人間であった。

ウィリーのいる小さな部屋のドアをたたく音がする。パーディッタであった。下の一番大きな部屋で二人の会話が始まる。ウィリーはパーディッタの肥満により「膨らんだ腹」に気づく。パーディッタは、ウィリーがかつてロジャーの尽力で出版した一冊の短編集によって、ウィリーが政治活動をする人間ではなく、作家であることを証明し、拘置所を出られるよう算段をしたという経緯を語る。昔書いた本を見て、ウィリーは過去に引き戻されたような気になる。本の表紙には「ポストコロニアル時代のインド文学の先駆的作品」(『魔法の種』原著一八〇頁、斎藤訳二一一頁)とある。ウィリーはこの本を書いた時代に引き戻される。そして「昔の人格に入り込んだり、そこから抜け出たりしているうちに、次第にウィリーの頭のなかに現在の自分の像ができ上がっていった」(『魔法の種』原著一八〇―一八一頁、斎藤訳二一二頁)。

ウィリーはパーディッタの用意した昼食をとる。初めてソーホーのウォーダー・ストリートのフランス料理店で会った日のことをウィリーが語り始める。今やウィリーの目には、パーディッタは自分の人生を生きていない、可能性のない存在と映る。ウィリーはパーディッタを自分の小部屋に誘う。ついてくるパーディッタを見て、ただ「自分［ウィリー］を使って午後の日課をこなしているだけ」（『魔法の種』原著一八二頁、斎藤訳二一四頁）と感じる。ウィリーは、パーディッタを、そしてパーディッタが飾った部屋のなかを見て、思う。「パーディッタのような女たちはけっして忘れてはいけない。ロンドンは、こういう女でいっぱいだ。冷たくされた者たちに冷たくしてはならない。もしこの地に留まるつもりなら、それが生きる道だ」（『魔法の種』原著一八四頁、斎藤訳二一六頁）。ウィリーは、ソーホーで初めて会ったときのはつらつとしたパーディッタと今、目の前に横たわるパーディッタの姿を比べ、時の経過を五感で感じ取る。

パーディッタという女性を介して感じ取った二十八年という歳月を、ロンドンという都市については、どのように感じ取ったのであろうか。歩くことで感じ取る。ロジャーにとってそこから逃げたい自分の家も、ウィリーにとってはこの上なく心地よい場所であり、その家のあるセント・ジョンズ・ウッドという地区は、魅力に満ち溢れていた。

家は、高級住宅地のセント・ジョンズ・ウッドにある。彼［ウィリー］にとっては愉快な生活であった。ロンドンを散策したのち、バスでエッジウエア街を上ってメイダ・ヴェイルでバスを降りる。それから往来の喧噪をあとにして、セント・ジョンズ・ウッドの木々と静寂に向かって歩く。それは彼にとって新世界であった。三十年前、彼はアフリカに行くために少ない荷物をまとめて、大学の寮の小部屋を空にし、簡単に自分の存在を消し去った。あのとき、自分の生活をそこから取り外したが最後、二度とそれを復元できないような気がしていた。
（『魔法の種』原著一八六―一八七頁、斎藤訳二一九頁）

今回、ロンドンは、ウィリーにとって三十年前とは別の経験の場となった。三十年前、ロンドンの生活はつまらぬものであったが、そう認めたくはなかった。そこでさまざまな工夫をした。今、昔知っていたロンドンの各所を訪れると、ひとつの変化が生じていることに気づく。ロジャーはウィリーに「マーブル・アーチのところにあった小さな家が、いわば種豆だな。それからずっと住宅という豆の木をどんどん登ってきて、ようやくここまでたどり着いた。少なくともこの通りに住んでいる半分の住人はそうやってここまで来たはずだけど、そうではないような顔をしていることもある」（『魔法の種』原著一七五頁、斎藤訳二〇六頁）と説明する。これが『魔法の種』というタイトルの種明かしだ。『魔法の種』のテーマは居場所。ウィリーの居場所が定まらないという問題、ロジャーの居場所がロンドンのなかで変化するという問題、パーディッタの居場所の問題、マリアンの居場所の問題。すべての作中人物が居場所の問題を抱えている。

ウィリーがロジャーのセント・ジョンズ・ウッドの家の小さな部屋で生活を始めてから、およそ二週間が経過した。するとある変化が起こった。当初新鮮に見えたパーディッタとの午後も、ロンドンの街も色あせて見え始めた。そろそろ寝る場所を変えるときかと考えだしたころ、ロジャーがウィリーに人を紹介するという。第九章「てっぺんに住む巨人」と形容されるロジャーの友人で豪邸を構える銀行家だ。

ロジャーとウィリーの二人はロンドンの駅から列車で豪邸に向かう。ロジャーはウィリーにスーツケースの中のものは銀行家の使用人が取り出して整理するから、それなりのものを持参せよと助言する。ロジャーは銀行家の使用人との関係でひとしきり、階級問題に悩まされた経験がある。自分は銀行家の客であるが、持ち物によって使用人に自分の値踏みをされるということで、豪邸訪問では居心地の悪い思いをしたという。しかし、豪邸で出迎えた銀行家、使用人、そしてロジャーやウィリーさえも、実にその場に相応しい立ち居振る舞いで、客の到着にまつわる、いわば儀式を演じきる。

主は豪邸の階段の下で二人を待っていた。男は運動着を着て、(ゴルフも、ゴルフのティーすら知らぬ)ウィリーの目には、とても大きくて白い臼歯のように見えるものをいじくり回していた。彼は、よく体を動かしているとおぼしき厳ついかんじのさばさばとした男で、この出会い頭の一瞬に、彼のエネルギーと、ロジャー、ウィリー、そして階段を下りてくる縞ズボンをはいた脚の太い使用人のエネルギーが、このような屋敷の前で、このような出迎えをすることが誰にとっても至極当たり前のことなのだという幻想を作り上げることに注がれていた。

(『魔法の種』原著一九四—一九五頁、斎藤訳二二八—二二九)

ロジャーは金と女性にまつわる問題を抱えていた。銀行家はこの第一の問題に関わる人物であった。第二の問題の主役はマリアンだ。

ウィリーは銀行家の邸宅のあてがわれた部屋で『種の起原』を手にとる。『グラフィック』誌から切り取られた頁に目をやる。過去の出来事との距離感が縮まったかのような気になる。ロジャーがあてがわれた部屋にはジェイン・オースティンの作品があった。

この銀行家訪問後、ウィリーは銀行家ピーターから建築関係の雑誌の編集に加わらないかというオファーを受ける。ウィリーは五十二歳にして初めて職業と呼べるものに就く。オフィスはブルームズベリーにあり、大英博物館や労働組合会議の建物が近い。ナイポールはかつて自分が最初に本を出したアンドレ・ドイチェという出版社のあったロンドン、ブルームズベリーのグレイト・ラッセル・ストリート界隈にロジャーの通うことになるオフィスを設定した。ロジャーもこの界隈にあった出版社でかつて本を出したことになっている。ロジャーはここで銀行家ピーターのかつての愛人であったという雑誌の編集長に会う。編集長は様子を見てからウィリーにバーネットに行ってもらうという。「バーネット」という地名にはなにか特別の響きがあるように聞こえる。ブルームズベリーに通い始めると、ウィリー、ロジャー、パーディッタの間に、自然なかたちで新たな生活時間配分ができていった。パーディッタは、ロジャーが女性のところに行き、自分が豪邸に行けぬ夜などに、ロジャーの小部屋を週に一回くらいたずねて来た。「このような密会が成立するためには、全員の動きが都合よくかみ合わなければならず、この家に来てはじめてロジャーは意識的に人を欺くことになる」(『魔法の種』原著二一〇頁、斎藤訳二四八頁)。『模倣者たち』のシャイロック氏の単純な動きを知っているナイポール読者は、この一文に風俗喜劇の深化すら感じ取る。

そうした折、ロジャーはパーディッタの北部での少女時代の生活について聞く。それを自分のなかでつなぎ合わせ疑似体験に酔う。パーディッタは「ロジャーのエネルギーはすべて、あるいはその大半は、外見と外聞を装うことに注がれてしまっているの」と言ってロジャーの階級の人々を特徴付ける。その「虚飾」に自分は若いころ騙されてロジャーと結婚したという。

一ヶ月半後、ロジャーはバーネットに移る。「バーネット」という地名は、その一ヶ月半の間に「贅沢と休息」の場という意味を帯びていた。ここに「訓練センター」がある。ロジャーの車で連れて行かれたウィリーは、途中、「クリックルウッド」という地名の場所を通る。そこはかつてデベナムズの化粧品売り場につとめていたジューンが住んでいる場所だ。このあたりには六、七十年前、一九二〇、三〇年代に建てられた小さな家がおもちゃの国の家のように立ち並んでいた。ウィリーの幻想が崩れた。

ロジャーが言うように、ジューン自身も(あらゆる点において)時の荒波にもまれたあげく、おそらくは確実に太ってしまって、(恋人の数を数えながら)自慢話をするようになり、ほかの点でもいろいろと変わってしまったに違いないのだから。昔、上品な化粧品売り場で夢見た姿を、最近のテレビではやっているような俗っぽいお洒落に当てはめて実現しているであろう。幻想が消えるのは至極当然のことだ。そしてまた、ウィリーはその束縛が解かれたことで気が楽になった。その幻想と結びついた恥辱をそぎ落とし、それをしかるべきところに納めることができるようになった。（『魔法の種』原著二一四頁、斎藤訳二五三頁）

三十年以上も抱えていた幻想が崩れたウィリーに対し、ロジャーは自分の打ち明けばなしをする。ウィリーの目から見て、ロジャーはもはやかつて自分の本を出してくれた頼もしい人物でも自分をインドの拘置所から救い出してくれた恩人でもなくなっていた。

ロジャーの三十年

ウィリーはロジャーとしばしば言葉を交わし、ロジャーの抱えている銀行家ピーターとの問題とマリアンという女性に関する問題を、ざっと理解する。ロジャーの友人で南アフリカの外交官をしているマーカスの息子のリンドハーストの結婚式にもロジャーと出向く。マーカスは異人種間の性的な関係を生き甲斐としている男で、孫を白い肌にしたいと思っている。これもまたひとつの「トランスプランテーション」のありかたではある。

『魔法の種』は第十一章「だまされやすい人たち」で急に話の展開が速まる。それはとりも直さず読者が読書のスピードをあげるということだが、この章の語り手であるロジャーも自分とマリアンの関係を一気に語り尽くす。ロジャーは父親の世話をする人間を探していた。そういう人物は「公営住宅団地」の住人のなかに見つかるという。やがてジョーという家政婦が見つかり、父親の世話を任せる。ある日、ジョーの友人のマリアンという女性がロジャーの目の前に現れる。マリアンも公営住宅団地に住み、ジョーが言うには、父親の違う子供が二人いる。ロジャーはまず視覚的にマリアンに惹き付けられた。「その後何年経っても、まだその様子が目に浮かぶようだった」という文章以下にその時の記述は詳しいが、作品の要でもあるので引用は控えよう(『魔法の種』原著二四五頁、斎藤訳二八九―二九〇頁)。マリアンは水泳の指導員をしていた。ジョーはロジャーの内心を見抜いたとばかりに、マリアンを話題にし、逢瀬を設定する。のちにロジャーはマリアンから、彼女たちの考え方を聴き、たじろぐ。木金土にはみなでパブやクラブに出かけるという。イギリス文学の読者は、少し古いところで、アラン・シリトーの『土曜日の夜と日曜日の朝』あたりを連想する。それをナイポールがロジャーを介し、一九八〇年代の出来事として書いている。

八十年代の作品である『到着の謎』では、コテージに「私」が住み着き、その家主は病に臥せっているという設定であった。今世紀の作品では、ウィリーは行き場の定まらぬ放浪を続け、ロジャーは「魔法の種」よろしく住居を狭いところからより広いところに移して行き、マリアンは仲間との目の前の生活の楽しみに耽る。

さて、ロジャーがマリアンと最初に過ごした日、いざ帰るというとき、マリアンは淡々と「様子を見ましょう」という。このマリアンの冷めた態度の理由、ロジャーを戸惑わせる態度をとる理由が明らかになるのは、何度か逢って、マリアンが自分の生い立ちを語り始めてからのことであった。

ナイポールの筆は、こうした場合に特に冴える。ある個人の表面に隠された背景に対する探究心を、今回は、政治家に対してでも、外国の要人に対してでもなく、即物的にものごとをとらえる姿勢の女性に対して、発揮する。親密な付き合いをすることが苦手だったロジャーは、マリアンによって新たな世界を拓かれる。それまでのロジャーは「ラスキン」や「ヘンリー・ジェイムズ」のようであったという。ロジャーは自分の好みがどうして上品な話ぶりで魅力的な身体のパーディッタから粗野でがさつなマリアンに移ったのか不思議に思いはじめる。パーティッタが若い頃の洗練を放棄し、粗野な人物になったからかもしれないし、別の理由があるのかもしれない。ただ、作家が書いているこういうことがらについては、読者として想像をめぐらしても、おそらく無意味であろう。作品の創造者である作家に対し、読者として言えることは、せいぜいのところ、そういうこともあるかもしれない、あるいは、そういうことはないのではないか、といった程度のことであろう。それを踏まえ、ロジャーの好みの変化について言うならば、そういうことは十分にありうる。

マンビーという迂回

ナイポールは大成後の作品『魔法の種』に至っても、英文学作品への言及をしばしば行う。その姿勢が本気であるのか、ちょっとした洒落であるのかは、にわかに判じがたいが、言及されている作家、あるいはその作品が、その時々のナイポールの文脈におおむね無理なくおさまっているところをみると、まんざら徒に作家や作品の名前を引いているわけでもないと見える。

ロジャーは自分の好みの変化を説明するために、ヴィクトリア朝に生きたある人物を引き合いにだすが、その人物に話を移す前に、ナイポールが『魔法の種』で言及しているイギリスの作家ないし文人について整理すると、こうなる。

まずは「ラドヤード・キプリング」（第三章）。続いて「ヘミングウェイ」、「ディケンズ」、「マリー・コレリ」（第五章）が出てくる。パーディッタの浮気相手が自作と称してかの女におくった詩人でキプリングの友人のW・E・ヘンリー（第七章）、P・G・ウッドハウス（第十一章）、ラスキン（第十一章）、ヘンリー・ジェイムズ（第十一章）、ファラデー（第十二章）、シェイクスピア（第十二章）の名前も出てくる。こうした人物が、ウィリー、ロジャー、パーディッタ、サロジニ、ピーターの妻、ロジャーにマリアンを紹介するジョー、マリアン、銀行家ピーター、マーカスといった作中人物と等身大で登場する。

こうした人物のなかでも、作品の進行に深くかかわってくるのが十九世紀の紳士A・J・マンビーだ。ふつう筆者の役割には、マンビーの名前を出したところで、この人物について少し詳しく紹介することも含まれるであろう。ところが、ナイポールにあっては、時に作家自身がさまざまな要約行為を行うので、他人が筆をはさむ余地がないということがある。ナイポールはときに自分の作品を自分で要約してしまう。もちろんそれは個性あふれた要約ではあるが、その姿勢はあたかも自作を他人に要約させることを許さないとでも言いたいようにも見える。マンビーについても、英語圏読者の知識不足を予見してか、ナイポールが作中人物ロジャーの口を借りて詳しく説明する。ロジャーはマリアンと自分との関係をマンビーと労働者の女性との関係にたとえて説明するため、ここでもマンビーについての説明箇所から入る必要がある。

マンビーは一九二八年に生まれ、一九一〇年に死んだ。トルストイとまったく同じ時代を生きたことになる。とても学があり、ヴィクトリア朝の人間らしく、さほど苦労もせずに鮮やかな美文をものすることができた。当時の知的、芸術的生活も堪能していた。彼は偉人たちのことをよく知っていた。ラスキンやウィリアム・モリスなどは、顔も知っていたらしい。まだかなり若いときには、街でディケンズを見かけて挨拶をすることもできたし、それから当時五十二歳だったこの作家の外見について簡単に日記に書き付けることもできた。洒落もので、芝居がかったところがあり、痩身を誇示し、頭の上に斜めに帽子を乗せていた、といった具合だった。

（『魔法の種』原著二五九頁、斎藤訳三〇七頁）

トルストイと同時代というが、トルストイの晩年のように、劇的な行動にでるということはなかった。ヴィクトリア朝当時の美文と言えば、ラスキンやジョージ・エリオットの文章などがただちに連想されるが、ここに登場するディケンズは美文とは遠い人であった。もちろんディケンズは美文を書くこともできたし、美文調を口にする作中人物を創造することはできたが。女性との関係で言えば、ディケンズにはエレン・ターナンという愛人がいた。ラスキンには結婚相手の陰毛を見て驚いたという逸話がある。かれがそれまで見ていたのは、彫刻のなめらかな表面であったから。ウィリアム・モリスの女性観も長い記述を必要とする。ここでひとつだけ断るとすると、モリスの妻も同じ階級の女性ではなかった。五十二歳のディケンズに会ったというマンビーはこのとき三十六歳くらいであったろう。ロンドンは狭い。

だが、マンビーにも——ラスキンやディケンズと同じように——秘密の性生活があった。マンビーは、労働者階級の女に激しく興味を抱いた。その手で重労働をし、文字通り、手を汚した女たちが好きだったのだ。本人が書いているところによれば、召使いの女たちの手や顔が煤にまみれ、泥まみれになっているのを見るのが好きだったらしい。

(『魔法の種』原著二五九頁、斎藤訳三〇七頁)

ロジャーはウィリーの本の出版に関わったことがあるから、一応の、いやそれ以上の文学的知識を持っている。そのロジャーの口を借り、ナイポールはさらにマンビーの性癖の細部に入る。マンビーはかの女たちをスケッチし、写真をとる。長身の女性を家に入れる。人前では召使い、二人だけになると、別の関係になる。

マンビーのような趣味の男にとって、ヴィクトリア時代のロンドンはたまらなく魅力的な場所だったろう。たとえば夕方六時のブルームズベリー地区などはどれだけ楽しい場所だったことか。すべての半地下の窓に明かりが灯り、それぞれの秘宝の御開帳となる。女中が椅子に腰をかけ、用事を言いつけられるのを待っているのだ。

（『魔法の種』二六〇頁、斎藤訳三〇七―三〇九頁）

ブルームズベリー地区といえば、地下鉄トテナム・コート・ロード駅の北東部の地区で、ロンドン大学や大英博物館がある。ロンドンの文京地区ということになっていて、マンビーの晩年、二十世紀の冒頭にはヴァージニア・ウルフ姉妹などもこのあたりにいたはずだ。しかしマンビーは上流階級の女性にも、ウルフなどの知的女性にも無関心で、煤だらけになった労働者階級の女性にひかれた。これがロジャーの説明であり、また、今日、われわれが知識とし知っている内容だ。ロジャーは長々とマンビーについてウィリーに説明したあげく、こうまとめる。

そしてマンビーの日記にあるとおり、彼にとって苦痛と快楽に満ちたロンドンの召使いの生活がまわりを取り巻いていたように、マリアンと付き合っているときの僕のまわりに一つの世界が浮かび上がった。（『魔法の種』二六〇―六一頁、斎藤訳三〇九頁）

ロジャーがマリアンと関わる。それを作家はなぜ克明に描こうとするのか。その背景には、ウィリーがかつて付き合ったオックスフォード・ストリートにあるデベナムズというデパートの化粧品売り場の売り子ジューンが関係している。ジューンの現在は『魔法の種』に語られていないが、ジューンと同じような生活をしているやもしれぬ人物としてロジャーが父のために雇ったジョーという家政婦やその友人のマリアンが登場する。ウィリーの前に若い頃現れた女性のそれからの姿がジョーやマリアンに重ねあわされる。そこでウィリーが感じ取るのは幻滅であろうか。そうではない。現実である。華やいだ化粧品売り場の売り子がその後、現実生活に追われる。その現実に追われる姿が、ロジャーには、別の意味の魅力となって迫ってきた。

もうひとつ、マリアンやジョーにちなんでひとりの女性を視野に取り込んでみよう。『模倣者たち』のシャイロックの相手の娘だ。『模倣者たち』の主人公シンはカリブ海の架空の島国イザベラをあとに、ロンドンで貧しい留学生活をおくる。部屋は縦長で、棺桶のようだ。ある冬の日、家主のシャイロック氏が突然なくなる。シンはロンドンという大都会で死が突然訪れることに驚く。故国イザベラであれば葬式は祭りのようになり、三日間は続くというのに。

シンは管理人のリーニの「雪よ」という言葉に促され、自室から建物の階段を一息にのぼり、シャイロック氏がイギリスの若い娘との逢瀬に使っていた部屋に入る。そこにはマットレスとシーツ、そして物書き机だけがあった。シンはその部屋の窓から、ロンドンでの初めての雪を目にする。シャイロック氏がその部屋に持ち込んでいたのは、あるいは持ち込ませていたのは、マットレスという「絨毯」であった。

ロジャーはマリアンとの付き合いを通じて、「公営住宅団地」のかの女の知り合いたちがどのような生活をおくっているかを知る。マリアンには二人子供がいる。父親は別々だ。マリアンはそのひとりをあたかもそのような職業があるかのように「放浪者」と呼ぶ。マリアンの母もマリアンと同じような生活をし、三人の男性との間に四人の子供ができ、マリアンがそのひとりだ。マリアンの子供にロジャーの存在が知れた。当然、もめる。ロジャーはマリアンのためにロンドンにアパートを買う。「ターナム・グリーン」というその地名をマリアンはお伽噺の呪文のように繰り返し、気に入る。だが、公営住宅団地でしていた日常の仕事から解放されると、マリアンは急に所在なげになった。ロジャーも時間の工面をして会う必要がなくなり、二人は倦怠感に襲われる。ロジャーはマリアンに別の男性を紹介する段取りを整えた。男性はマリアンの前に「パリ、フランス、南フランス」といった地名をぶらさげた。マリアンは新しい男性が差し出す新しい環境のもとに走った。

作品は、ロジャーとウィリーが気の進まぬマーカスの息子の結婚式に出かけ、そこを抜け出すところで終わる。アンチクライマックスとしての披露宴が作品の結びだ。

『ある放浪者の半生』はインドを出るウィリーの話で始まり、ロンドンに出て、東アフリカに行き、そこを出るというところで終わる。それまでのナイポールの作品のいくつかをつなぎ合わせたような、それでいて具体性がやや希薄な作品であった。サマセット・モームの話もサロジニの経験もつくりものめいていた。ウィリーが作品を発表し、それにファンがつき、その女性について東アフリカまで行くというのも、場当たり的と言えなくもない。作品は二人の破局で終わる。読者はつきはなされたかのようだ。

『魔法の種』で、ウィリーがサロジニのもとで暮らし、その思想的影響を受けるところまではともかくとしても、インドに戻りゲリラ活動のあげく、命を落とさずにすんだというのも、不自然と言えば、不自然だ。

そうした不自然、場当たり性を承知でなおこの二作を魅力的にしているのは、なんであろうか。それは時の経過だ。ウィリー、ロジャー、パーディッタ、サロジニのそれぞれに時の経過があり、それぞれの過去と現在の心境が克明に語られていく。そしてだれも劇的に成長していない。肉体は衰え、精神は強靭になるどころか、いくつもの問題に巻き込まれて、ロジャーがその典型のように、疲れ果てている。老いていくということは、ここでは、成長でも、ましてヴィクトリア朝のビルドウンクス・ロマンのように大人になることでもない。むしろ人間関係が複雑になり、それに時間軸が加わる分、ときに本人にすらわかりにくいものとなっていくだけだ。ところが、そうしたドタバタ劇の合間に、時折、作家が仕込んだ金言が現れる。それは文脈から切り離してはほぼ無意味ながら、この二冊の分量の作品という厚みのある世界にあっては、十分な意味を持つ。

人間がきれいに成長していくということはありえないこととさえ、ここでは見える。むしろ、意識して、あるいは無意識にためこんだ堆積物に右往左往しているといったところだ。「絨毯」もうまく織り上がっていない。

『ある放浪者の半生』も『魔法の種』も居場所がないという主題の小説と一言で表現することは可能だ。しかし、ナイポールもここまで来ると、居場所がない状態の両面を描いている感すらある。ロジャーに見られるように、むやみに居場所があればよいというものではない。苦労して手に入れたセント・ジョンズ・ウッドの家は、パーディッタとの関係がこじれてからは、安らぐ場所ではなくなった。マリアンのために確保したターナム・グリーンのアパートも同様だ。ふたつの家をもったロジャーは結局、居づらい場所をふたつこしらえてしまった。ウィリーはどうか。居場所がないと悩み続けていたが、ゲリラ経験という寝床の日々変わる生活をしてからというもの、たとえば二週間同じ床に就くということでそれなりの憩いを経験しているようにも見える。人は定住と冒険、あるいは安住と冒険を繰り返す。安住をしては冒険を望み、冒険をしては穏やかな生活を渇望する。

『ある放浪者の半生』と『魔法の種』に出て来る職業はどうなっているであろうか。マリアンの子供の父親の「放浪者」。それも「職業」と作家は地の文で嘆息しているが、この二作品を合わせると量の点でナイポールの小説のなかでもっとも長いものとなるものの、職業がディケンズ並に出て来るということはない。ロジャーは、編集者から、今では金融関係の仕事をしている。銀行家ピーターがいる。南アフリカの外交官マーカスがいる。ウィリーは建築関係雑誌の編集者として終わる。サロジニは大人になってからの三十年間なにかしら映像にかかわる仕事についている。パーディッタは、今、とくに何かをしているという様子でもない。部屋を飾ること、ときどき料理をすること。ウィリーの相手をすることもウィリーからみればパーディッタの時間潰しととれる。ここにあるのは、『模倣者たち』のシャイロック氏の相手の女性たちの三十年後、あるいは『ある放浪者の半生』のジューンの三十年後。ありふれてはいるが、現実味は十分にある。『到着の謎』で「私」が居場所と決めたコテージの持ち主は地主であった。帝国の地主は病にふせっていた。その敷地に旧植民地から来た「私」が居を定め、ひとときの安住を経験し、何度も、何度も外国への行き来を繰り返す。地主の土地は、かつて帝国の「中心」であり、『到着の謎』の「私」の「中心」ともなった。そしてマリアンもジョーもかつての帝国の中心の住人にほかならない。ナイポールは地主に加え、ここに来てマリアンという異なる階級の「中心」の居住者を描いて見せた。

第四章

『作家をめぐる人々』（二〇〇七年）

ものの見方

『作家をめぐる人々』は、二頁にわたる導入と五つのエッセーからなる作品だ。表現は異なるもののこれまでに書いた内容と、まだ書いていない内容のふたつが、特に規則性を持つこともなく読者の前に静かに提示される。この短い導入でナイポールは、見るものの位置が少しでも異なれば、見えてくる世界も変わるという作品全体を貫く考え方を、具体的な場に即して説明する。

最初に登場する場は、トリニダードの小さな町の祖母の家。ナイポールはそこに六歳から七歳ぐらいまで住んでいた。ナイポールの家では母方の家系にいっそうの力があった。『ビスワス氏の家』に描かれた世界だ。祖母は家の中心にいた。その後、ナイポールは、トリニダードの首都ポート・オブ・スペインに移る。その家もまた祖母のものであった。家はウッドブルック・ストリートにあった。この家がものを書くことになるナイポールにとって決定的な場となった。ナイポールは首都の、つまり都会の生活をとても気に入った。毎朝、清掃の馬車が通りの両脇の溝のゴミを掃除していく様子さえも気に入った。この首都の様子は、ナイポールが『読むことと書くこと』でも触れたお気に入りの主題だ。祖母の家のコンクリートの階段は、入口、そして歩道へとつながっていた。「階段の手すりの横に立つと、通りとそこにいる人々がすべて見渡せた」（『作家をめぐる人々』三頁）。(注8)しまいには人々の着ているものやスタイルや声までわかるようになった。

ナイポールの愛読者であれば、この立ち位置こそ『ミゲル・ストリート』執筆を可能とした視点であろうと察しがつく。事実、この階段の手すりの横の視点の紹介に続くのは、当時から数えて十六年後に、作家としてのスタートを切ろうと苦労していたとき、作家が結局戻っていたのは、この場所だったという記述だ。ナイポールはこの視点に立ち戻らなかったら作品を書くことはできなかったであろうという思いに何度も立ち返る。『中心の発見』におさめられた「ある自伝へのプロローグ」のかなりのページはこの視点への回帰の説明に割かれている。

そしてナイポールは、少年であったそのときでさえ「他のいくつもの見方」（『作家をめぐる人々』四頁）があったことに気づいていたと続ける。わずかに移動しただけでも、書き上がったものはまったく別のものとなっていたろうということも承知していた。当時、ナイポールは「自分が何者であったか」、「通りの人々が何者であったか」を知りたいと思った（『作家をめぐる人々』四頁）。そしてトリニダードでのこの視点、さらにイングランドでの視点、旅先でのさまざまな視点がナイポールのものの見方をつくりあげることとなった。ナイポールにはひとつの場からものを見るということができなかった。ナイポールは「いくつものものの見方」、そしてそれぞれの見方によって世界が違うすがたを見せるということについて、その後、考察を深めることとなった（『作家をめぐる人々』四頁)。

「いくつものの見方」は、ナイポールの場合、一人の人物の複数の見方に留まらない。世の中にはあまたの人がいて、その一人一人がその人独特のいくつかの見方をもっている。ひとりの人が単に位置を変えることで複数の見方が生まれるばかりでなく、時間の経過とともに、見方も変化する。個人が位置を変えることによる見方の変化の典型は旅によってもたらされる。ナイポールも旅をした。ガンディーも旅をした。ネルーも旅をした。仏陀も旅をした。ナイポールの祖母の家のマットレスを修理しに来た男も旅をした。ナイポールの母も旅をした。デレク・ウォルコットも旅をした。ところが面白いことに、ナイポールの語るかれらの旅には、読者をつよくひきつけるものと、それほどひきつけないものとがある。もとより著名な人々の旅は、その理由だけからして読者の好奇心の対象とはなるが、ナイポールの作品にあっては、著名ではない人々の旅のほうが面白い。いずれ触れるナイポールの母のインドへの長い旅のほうが、ガンディーのインド、ロンドン、南アフリカ、そしてインドという何年にもわたる旅よりも読者の心に残ることもありうる。あるいは仏陀の旅よりも。

ひとつの理由としては、著名人の旅について読者がすでに他で多くの知識を得ているからという点が挙げられよう。ナイポールとても、すでに幾度も語り継がれてきた著名人の伝記、既存の伝記の存在、さらには影響を無視することはできなかったのであろう。それに対し、著名ではない人々の旅などだれもこれまでに語ったことがない。かれらの旅はナイポールによって初めて語られる。

かれらとナイポールの間に介在するものはなにもない。畢竟、ナイポールにとって書くことは書くことによってオリジナルとなる。対象となる旅とナイポールの使う言葉とが、初めて出会うのが、著名ではない人の伝記ということになる。『インド：闇の領域』のラモンの旅など、ナイポール以外の人物によって語られた試しはなかった。

第一章「蕾のなかの虫」は、ある詩人のエピソードで始まる。と言っても、詩人について書くナイポールが詩人にまつわる話をエピソードに仕上げているから、読者はそれをエピソードとして読むのであって、話はもっと単純だ。一九四九年のこと、トリニダードの北に位置するある島の出身の人物が詩集を出した。詩人の名前はデレク・ウォルコット。思わせぶりな書き方をするナイポールがその名前を明かすのは、エッセーも四頁ほど進行してからのことだ。当時のトリニダードの人口はちょうど五十万人を越えたくらいの数であった。「わたしたちは小さな、主として農業を営む植民地で、なんら不幸という意識にかられることもなく、自分たちのことを世界地図のなかの一点といつも表現していた」（『作家をめぐる人々』五頁）とナイポールは書く。そういう土地柄で詩集がでたということが、まず珍しいことであった。もうひとつ、ちょうどそのころ、「文化」という言葉がしばしば用いられるようになりだし、そのためにナイポールはこの言葉を嫌うようになった。「リトルカリブ」と呼ばれるバンドが人々の口にのぼり、かれらの形容に「文化」という言葉がからんだ。バンドと「文化」と政治的野心を結びつけるものも出た。大きな身体のポルトガル人アルバート・ゴメスもそのひとりだった。「肥満はゴメスのハンディにならなかった。肥満はかれのキャラクターにさえなった。町で容易にかれと見分けがつき、人の噂にもなった。通りの黒人たちにも愛された。当時のかれらには、奇妙なことに、黒人のリーダーがいなかった」(『作家をめぐる人々』七頁)。ゴメスは自分を黒人たちのリーダーと見なし、一時、髭をはやしてスターリンの姿を真似ようとしたという。ゴメスは反アジア人的、つまり反インド人的だった。政治に乗り出す前、ゴメスは文化人として通っていた。詩集を出し、作品のなかでビッグワードを用いた。そのためにナイポールはゴメスの用いたビッグワードを嫌った。デレク・ウォルコットを持ち上げたのはゴメスだった。ウォルコットは最初の詩を出してから四十三年後にノーベル文学賞を受賞した。ゴメスはその後、頓挫した。真の黒人のリーダーが登場し、黒人たちはゴメスから離れた。その人エリック・ウィリアムズは「奴隷制について(あたかも人々がそれについて忘れてしまったかのように)多くを語った。この単純な手段によってウィリアムズは島中の政治を革新的にした」(『作家をめぐる人々』九頁)。エリック・ウィリアムズの名は日本では『資本主義と奴隷制』、『コロンブスからカストロまで』、『帝国主義と知識人』によって知られている。ナイポールはこの初代首相の依頼で『中間航路』という成果につながる取材旅行に出ることができた。

ナイポールはゴメス、ウォルコット、ウィリアムズについてひとしきり説明を加えたあと、パラグラフを変えて、その冒頭、「そういうわけで私はウォルコットの名前を知った」(『作家をめぐる人々』九頁)と書く。そしてナイポールは自分が詩を苦手としていると書いて行くのだが、そう書くパラグラフの冒頭の一文は実に詩的だ。詩が苦手という理由としてナイポールが挙げるのは、まず言葉の問題。ナイポールの属していたトリニダードのインド人コミュニティーは、インドと時間的に、五十年以上の隔たりがあった。インドからトリニダードに渡ったのはナイポールの祖父の世代であった。ナイポールのものを書くという野心の対象は英語の散文であった。「散文を書く修行の過程で、詩に対する現在の限られた感情を抱くようになった」（『作家をめぐる人々』九頁）。高校時代、テキストとなっていたワーズワースとコールリッジの『抒情歌謡集』を扱う授業を取らなかったことも幸運と感じた。フランシス・パルグレイヴの『ゴールデン・トレジャリー』という詩集までで、ナイポールと詩との関係は終わっていた。詩を「自分からはかけ離れたもの、気取ったものの、生の感情と高揚した言葉を追求するもの」と見なすようになった（『作家をめぐる人々』十頁）。詩と距離をたもっていたことから、ナイポールは一九四九年までウォルコットに関心もなかった。詩集を手に入れることは入れたが、それきりであった。

ナイポールがウォルコットの詩と再会するのは、ナイポールがトリニダードを出て、イングランドに四年間住んだ後のことだ。大学を出たナイポールは、作家になろうという野心を抱きながらも、生活は困窮していた。と、そこに恩人が登場する。大学在学中からの知人ヘンリー・スウォンジーという人物が、「カリビアン・ヴォイス」という文学プログラムの編集者の仕事を紹介してくれた。パートタイムの職員ではあったが、収入といい、その関係で出入りすることになるBBCのオフィスの関係者といい、ナイポールにはまさしく天の恵みのようなポストだった。スウォンジーは西アフリカに関心があり、ガーナで数年を過ごすという。ナイポールはロンドン、キルバーンに住み、オックスフォード・サーカスの近くのオフォスに通う。バス通勤の途上、ナイポールの創作意識が肥大していく。スウォンジーにも文学的野心があったが、実現にはいたらなかった。スウォンジーにはカリブ海の島々の人々の書く作品を高く評価するところがあった。ウォルコットについてもそうだった。スウォンジーの勧め、スウォンジーの目を通してナイポールは改めて『詩、二十五篇』に目を向ける。その段階でも、ナイポールには詩に対する苦手意識があった。大学のとき、シェイクスピアやマーロウの作品の大半を読み、かれらの言葉の力を理解したものの、それ以上ではなかった。

ナイポールは「カリビアン・ヴォイス」に関わるようになってから、ウォルコットの詩をじっくり読み、圧倒された。長い詩より短い詩のほうが理解しやすかった。長い詩ではポエティック・ディクションに躓いた。「ヘンリー・スウォンジーはウォルコットの詩の最初の数行の美しさと謎に対する私の目を開いてくれた」(『作家をめぐる人々』十三頁)。詩のいくつかを暗記し、そのなかには、このエッセー執筆時点までナイポールの記憶に残っているものもある。ナイポールによると一九四九年、あるいはそれ以前にも、セントルシアやトリニダードといった島々には、独特の空虚さがあった。ウォルコットは、その空虚さを現実のレベルに高めた。ナイポールたちが知っているものをウォルコットは詩にうたい上げた。一九五五年にこの詩をロンドンで読んだナイポールは「ロシア人にとってのプーシキンの重要性」を理解しえたと思った。これまでだれもなしえなかったことを行った詩人として。

詩人ウォルコットのその後について、また詩人のピークについて、さらに人の仕事のピークというものについては、追々確認するとして、ここでナイポールが紹介する別の人々に目を移そう。ナショナル・ポートレート・ギャラリーの館長デイヴィッド・パイパーである。この人はピーター・トウリーという名前で小説も書いていた。ナイポールがウォルコットの詩「炎によるある都市の死」を読んで聴かせると、パイパーは詩人ディラン・トマスの名を口にした。同時代の詩に無知であったナイポールは、自分が田舎ものであると感じた。それでも、ウォルコットから離れることはなかった。

BBCのパブでプロデューサーのテレンス・ティラーにもウォルコットの詩を読んで聴かせた。この人も、一九四〇年代には群小詩人のひとりで、一九五五年当時のナイポールにとっては、ティラーは成功した人間に見えた。後年、さまざまな人物について辛辣な批評を加えることになるナイポールについて知っているその愛読者にとっては、珍しいものの言い方のように聞こえる。ナイポールはティラーの「教育」と「知性」と「寛容さ」に敬意を払っていた。ナイポールが読み聴かせた詩は「パトモスに向かうヨハネ」だった。これは「自然の見事さ」をうたった詩だ。ティラーは細部について適切な指摘をしたが、ナイポールのウォルコットに対する熱がそれで冷めることはなかった。自分よりたった二年年上の詩人のたくみな言葉の使い方、複雑で深遠なイメージの産み出し方に惜しみない賞賛をおくった。

一九五五年当時、ナイポールはウォルコットがナイポール担当の「カリビアン・ヴォイス」に送ってくる作品をすべて番組で扱った。ウォルコットの送ってくるものからは、六年前に最初の詩を出した当時の「霊感の閃き」は消えていた(『作家をめぐる人々』十七頁)。キーツの詩を模倣したり、ホイットマンの詩を踏まえたり、といったものであったが、何かが失われていた。創造のあとに模倣が来るのは、模倣のあとに創造が来るよりもはるかに詩人、作家にとってたいへんなことだ。

重要な点は、ウォルコットの詩人としてのピークが十九歳前後にあったということだ。その後のウォルコットは詩を書いてはいても、別の詩人を連想させてしまうような詩しか書いていなかったということになる。別の詩では、でかけた経験のないアイルランドについても詩にうたった。どうしてこうなったのかという点についてナイポールはこう推理する。ウォルコットは「もっと普遍的になりたかった、島の社会的、民族的、知的限界を断ち切ろうとした」のだ(『作家をめぐる人々』十七頁)。ウォルコットが普遍に向かって自作の舵をきりはじめた点について、ナイポールは、こう書く。

これはわれわれのように文学的野心をもった島々出身の者がみな直面しなければならなかった何かであった。小さな場所、小規模な経済は器の小さな人間と取るに足らぬ運命を産み出すのみだ。そうした島々はとても狭かった。つまるところ、イプセンのノルウェーより狭い。そこに住むものの文学的可能性は、経済的可能性にも似て、人間の可能性と同様に狭い。イプセンのノルウェーは、地方的ではあったが、銀行家も編集者も学者も高い地位の人々もいた。そうした島々には、この種の人間的な富がなかった。そうした島々は論じるに値する小説家や詩人を産まなかった。そうした島々は、広く多様性に富んだ場所であれば羽を広げ思いも寄らぬことをなし得たかもしれぬ才能をすぐに消耗させた。（『作家をめぐる人々』十七―十八頁）

ナイポールの経歴、さらにそのフィクションの舞台を確認すると、こうした見方が出て来る背景がよくわかる。フィクションの出発点はトリニダードという舞台であった。書けないと苦しむナイポールはロンドンに居ながら頭のなかでトリニダードに戻る。その結果として書けたのが、出版は三番目となった『ミゲル・ストリート』だ。トリニダードを舞台とした作品は大作『ビスワス氏の家』まで続く。トリニダードを書き尽くすとロンドンに舞台を移す。『ストーン氏と老人騎士団』は手遊びとしても、『模倣者たち』は傑作だ。やがて舞台をさらにひろげアフリカ中心の『自由の国で』と『暗い河』に至る。イングランドの地方を舞台とした『到着の謎』で、ひとつの落ち着いた境地を見せ、『世の習い』で自ら書いて来た作品を俯瞰する。自作への再訪と表現してみてもよい。

興味深いのは、小さな島々のひとつであるトリニダードの一本の道を舞台とした『ミゲル・ストリート』を書いた段階で、ナイポールの手がすでに普遍に届いているという点だ。土着的なものを掘り下げていながら、普遍の鉱脈に達している。舞台が土着であってもフィクションというジャンル、英語という言語によってその舞台をすくいとると普遍性が滲み出るということだろう。フィクションというジャンルそのものにまとわりついたある種の普遍性、英語というフィクションの言語としてはまことに豊な歴史を持つ言語の使用から生じる普遍性。ナイポールはこのふたつから恩恵を受けた。

　トリニダードは狭い場所ではあったが、同時にナイポールが精通した場所、土地の意味の陰影に熟知していた場所であった。その場所を掘り下げれば掘り下げるほど、多様性のひとつの現われにすぎないその場所が、どこにでもありそうな場所と見えてくる。ボガートの行動のひとつひとつが、ポポの行動のひとつひとつが、世界の別のどこかの住人のそれのように見えてくる。また「世界」という言葉、この大掴みな言葉を使用していながら『世の習い』が空疎で大味な作品にならなかったのも、いざ本を開いて見ると、この作品が多様性の積み重ねだからだ。冒頭、ナイポールが高校を出てイングランドの大学に入る前のレッド・ハウスの詳細な描写を読めば、そのことは容易に理解できる。

　反対の場合もある。大きな場所から始めた作家は、大きな場所なりの苦労を背負う。政治的なことが理由の場合もあれば、他のいくつものことが理由の場合もある。そこで一九四〇年代のカミュはアルジェリアからアラブ的な要素を排除したし、「その二、三十年後の南アフリカの作家のなかには、民族にかかわる主題、その出口のなさ、抑圧に疲労の果て、自分たちの個人的な想像力の余地を確保するため、民族問題とは無縁の人のいない世界を想像した」(『作家をめぐる人々』十八頁)。

　ナイポールは「カリビアン・ヴォイス」を一九五六年に離れる。副業を離れ、いよいよ本格的に作家活動を開始する。その後のウォルコットがどのような詩を書き続けたかは追ってはいない。四年後の一九六〇年、ナイポールはトリニダードのポート・オブ・スペインのカフェでウォルコットと再会する。当時三十歳になっていたウォルコットの言うことは複雑で理解できない。四年間に書いた詩もナイポールをかきたてることはなかった。ナイポールは謙遜しながら、自分には詩が理解できないのではないかと書く。

さらに五年後の一九六五年、ナイポールはウォルコットに再会する。地方の日曜版に寄稿していた。「かれは地方名士になっていた。芝居を書き、それが上演された。古いスペインの劇のプロットをつかい、それを地元風に置き換え、キャラクターを黒人にした」（『作家をめぐる人々』十九頁）。ナイポールはその際、ウォルコットにファンタジーを手渡したが、それが上演されることはなかった。

それ以来、ナイポールはウォルコットに会っていない。ただ、ウォルコットがアメリカでもてはやされ、大学で教えるようにもなったということだけに触れる。

一九四九年の詩集の出版、一九五四年から五十六年の「カリビアン・ヴォイス」時代の付き合い、一九六〇年の再会、一九六五年の芝居の企画の頓挫。ナイポールと二歳年上のウォルコットの間にはざっと四度の交際の段階があった。ナイポールは最初の詩集のみに心を動かされた。しかし、その後に書かれた詩については反応できなかった。詩に対する理解がおよばないと謙遜して見せるナイポールの言葉の背後に、詩人の活躍のピークという問題も見え隠れする。詩人という職業も、ウォルコットの例のように、いくつもの段階を経験する。最後は人に教えるということしか残らず、若いころに書いた詩とその後の社会的発言を抱えてアメリカの大学で、若い人を相手にする。少なくともウォルコットのほうがナイポールよりも大学という場に向いていたのかもしれない。ナイポールは創作という面に関しては自分の受けた大学教育をしばしば批判しているし、マカレレ大学に一年間滞在したおりには、自作『模倣者たち』の創作に没頭し、教えるということについに関心をしめさなかった。詩を書いて来た学生に、文学的才能がないから、すぐに別の将来を考えよ、という助言までしたという。これはこれで親切なことかもしれない。学生の文学への未練を断ち切る荒療治と言えなくもないからだ。

さて、ナイポールは、二十一世紀に入り『作家をめぐる人々』を書きながら、ウォルコットの初期の詩が、白人や外国人に対する怒りに満ちた作品であるということを理解しはじめる。一九五五年時点ではこの点には気がつかなかったが、「初期の詩における［黒人］というテーマは、詩人ウォルコットにとっても、［文化］を称揚するものにとっても一九四九年の時点において重要なものであった」（『作家をめぐる人々』、二十頁）。さらにアルバート・ゴメスのような政治家にとっても。詩人がうたった「島の美」という観念もたかだか「二十世紀」に展開したものであった。第一次世界大戦時点でも「その土地が美しい」という観念はなかった。「ビーチと太陽と日光浴という観念」は一九二〇年代のクルーズ船とともに登場した。「美しい島という観念」は外部から、「切手、旅行ポースター、クルーズ船、百冊におよぶ旅行書」といったものによって、おしつけられた。それまでは、島々は「古いプランテーション」の場でしかなかった。五十年代や六十年代においても、島の政治家はこうした点を強調した。子供時代のナイポールも、トリニダード島を美しいところとは考えていなかった。もっともウォルコットの出身地の島は、トリニダード島よりさらに小さかったので、美しくもあったのかもしれないとも付け加える。「ウォルコットは幸運なことに初期の詩の読者を獲得することができた。かれらは自分たちの住む場所が精神的に空虚であるという考えを持ち始めた主としてさまざまな民族からなるミドル・クラスであった」（『作家をめぐる人々』、二十五頁）。ヨーロッパは「奴隷」と「砂糖」のあとには、「文明」と呼びうるものをのこさなかった。「精神的な空虚さを、ものを書こうとするプランテーション地域のいかなるものにとっても問題であった」（『作家をめぐる人々』、二十四頁）。地元の記者をしていたウォルコットは「アメリカの大学に助けられ」地元を出た。

アメリカでのかれの名声は、逆説的だが、その時もその後も、植民地的状況によってただ窒息させられただけの人物のそれではなかった。かれは背後にとどまり、他の作家たちがそこから逃げた空虚のなかに美を発見した人物となった。はるかかなたに身をおいた人々の目には一種のモデルであった。（『作家をめぐる人々』、二十六頁）

三人の創作者

ナイポールは人の生涯の最初とその行き着く先を丹念に描くので、時に読者は陰鬱な気分にもなる。人の生涯はえてしてはなばなしい出来事にとぼしく、まれに成功という一幕があったとしても、あとは淡々と過ぎて行くからだ。ナイポールは島々の出であるさらに三人の人物を紹介する。ひとりはエドガー・ミテルホルツァー、ひとりはサミュエル・セルヴォン、ひとりはナイポールの父だ。

ミテルホルツァーは奴隷プランテーションのメロドラマを書いたが、その作品はもはや読まれていないという。ウォルコットが小さな場所の限界を越えるためにスペイン演劇に手を染めたように、ミテルホルツァーはプランテーション小説を書いた。そこには「わけいるべき深みはなかった」(『作家をめぐる人々』、二十八頁)。さらにナイポールはミテルホルツァーの作品の浅さが、植民地にはわけいる深みのないこと、ものの表面しか扱いえないことと呼応していたのかもしれないとまで言う。ミテルホルツァーはその後、仏教徒となった。ロンドンの郊外で石油をかぶり点火する。

サミュエル・セルヴォンにとってもっとも適した主題はトリニダードだった。しかし、遠くロンドンにあってはその主題が褪せてしまった。かわりに見つけた主題はロンドンの西インドからの黒人の移民であった。この主題によって、セルヴォンは沈黙を免れた。

三人目はナイポールの父シーパサド・ナイポールだ。ウォルコット、ミテルホルツァー、セルヴォンの場合と違い、少なからず息子ナイポールの思い入れが入るのは予想のつくところだが、この章の最後の父とウォルコットの比較は、そのなかでもつい力がはいったものとなっている。そこは最後に触れるとして、二十一世紀のナイポールが父のことをどのように語っているかは、少しばかり細かくみておく必要があろう。ナイポール自身のそれぞれの年齢によって、ボガートという男が描き分けられたように、父の描写もいくつかの段階を経ている。

まず『父と息子の手紙』のなかの手紙の相手、つまり二人称の存在としての父がいた。ナイポールはオックスフォードの孤独のなかで、率直に自分の文学体験、読書体験を父に伝える。その最愛の父がナイポールの在学中に急死したため、ナイポールの姉カマラは、指導教授に父の死をなんとかうまく伝えてもらえないかと手紙を書く。指導教授は、ナイポールがすでに父の死を知っていると返事を書き、カマラや家族もとりあえず一安心する。『父と息子の手紙』のなかのクライマックスと読んでもさしつかえない箇所だ。

次にナイポールの父は『ビスワス氏の家』のビスワス氏として登場する。大学を卒業しロンドンに出て文学修行にはげむものの一向に筆が進まない。よく知りもしないロンドンというトポスにとらわれていたことがそもそもの誤りであると気づき、トリニダードというトポスに戻る。もちろん頭のなかでのことだ。と、かつての住み慣れた場の人々の声や仕草が蘇り『ミゲル・ストリート』が完成する。『神秘な指圧師』、『エルヴィラの普通選挙』とトリニダードもの三作がそろったところで、『ビスワス氏の家』を完成させる。これは父と息子の物語だ。弟シヴァ・ナイポールの『蛍』

がシヴァと母たち女性の物語であるのと対をなす。ナイポールは『ビスワス氏の家』で心穏やかにものを読む場を確保しようとする父を描く。それが実現したかに見えた矢先、ビスワス氏は父と同様に四十七歳で亡くなる。

次にナイポールが父を登場させるのは父の作品『グルデヴァの冒険』の再度の出版に際してであった。ナイポールはそこに序文をつけ、父の先駆性を強調する。

そして『中心の発見』の「ある自伝へのプロローグ」の父に至る。「ある自伝へのプロローグ」は自分がどうして作家になることができたのかという書くことについての根本的な問題を扱ったエッセーだが、内容はそこから父方の祖先のことや父の若いころのことにまで及ぶ。一族の考え方、具体的にはナイポールの母の母、つまり祖母の考え方にことごとく反した父は、一通の脅迫状のため、気の進まぬまま、山羊を抛るという儀式を行った。それがもとで、父は精神の安定を失う。しかしナイポールは続ける。父に儀式の執行を強いた祖母の世界そのものが、いつしかトリニダードから消え失せてしまったと。

ナイポールの父のトリニダードはさらに続く。『読むことと書くこと』には、父と歩いたポート・オブ・スペインの通りのことが活き活きと描かれている。そして『作家をめぐる人々』の島々の作家たちという文脈で父が登場する。

ナイポールの父は一九〇六年に生まれ一九五三年、四十七歳の若さでなくなった。作品は少ない。すべてトリニダードのインド人移民を扱っている。ウォルコットやセルヴォン同様に『トリニダード・ガーディアン』で働いた経験を持つ。新聞社での経験については「ある自伝へのプロローグ」に詳しい。とくにそこにマゴウアンというイギリス人記者がいたことは、父にとってとても幸いした。マゴウアンは記事の書き方を父に伝授した。なんの変哲もないトリニダードの事件がマゴウアンの手にかかると、人々の関心をひく記事へと変わった。

ウォルコットやセルヴォンが結局トリニダードを出たのに対し、父は生涯をトリニダードでおくった。父はインド人社会を閉じたものと考えていた。その古い生活のしかたを重視していたものの、それが一世代、あるいは二世代ですべて洗い流されてしまうであろうことも承知していた。「父はおそらくインディアンディアスポラの最初の作家であったろう。移植された（トランスプラントされた）人々、保護されざる農民たちについて最初に書いた人物だ。かれらはあたかも必然的な本能から自分たちがあとに残してきた社会を再度創造しようとした。そしてある程度、それに成功した」（『作家をめぐる人々』、三十三頁）。父の描いたのは自分の生まれたころのインド人社会だった。インド的主題を扱ったにもかかわらず、インド人たちはその歴史に無関心だった。それが文学的であろうとなかろうと、インド人の移民にとってそれは関心の対象ではなかったのだ。しかし息子ナイポールはこう続ける。「かれはわたしが触れた他の作家たちよりも先駆者であり、いっそオリジナルであった」（『作家をめぐる人々』、三十三頁）と。

ただ父をほめるばかりでもない。父は「素材」を台無しにすることもあった。失敗は父が「ストーリー」と考えるものに「素材」を適合させようとするときに起こった。いわば「トリック・エンディング」を採用してしまうのだ。その背景には、イギリスやアメリカの雑誌に売り込みたいという意図があった。そこでものを書く段階で、高い目的を掲げながら低い目的も同時に掲げてしまうというディレンマに陥った。もし少し距離をおいて、つまり少し引いたかたちで古い儀式の美についての自分のストーリーを眺めていたら、他の着想がわいていたかもしれないとナイポールは少し悔しがる。ここはナイポールの創作を考える上で重要だ。ナイポールのフィクションにもノンフィクションにも「トリック・エンディング」的なわざとらしさがほとんど見あたらない。むしろピカレスク小説を想起させうるほどの場当たり性すら備えている。短いエッセーにしても、最後の数行でそれをまとめているようでいながら、実に自然に終わる場合が多い。

ナイポールは父によく父の少年時代のことを書いてほしいとせがんだ。ナイポールの代表作『ビスワス氏の家』にもそのことはほとんど書かれていない。そもそも書き手であるナイポールがあまりにも知らな過ぎたのだ。「もしわれわれが書くという伝統のある場所に生きていたら、告白的自伝というものが文学形式のひとつであったろうし、それを書くことについて父もそれほど恥ずかしいという意識をもつこともなかったかもしれない」(『作家をめぐる人々』、三十四頁)。インド人とは異なり黒人の間では、詩のなかに不満を盛り込むという伝統があった。その伝統のなかでウォルコットは受け容れられた。

父が受け容れられたかもしれないような類のインド人の書き物、植民地の書き物、あるいは告白体の書き物の伝統は存在しなかった。そのため、父の若いころの苦しみのすべて、他の社会であれば作家の業績とみなされたかもしれない父の仕事は、封印されたままとなった。

（『作家をめぐる人々』、三十四頁）

ナイポールは父についてユーモラスに語ることができない。『ビスワス氏の家』全体を一種のユーモア小説と見なせないこともないが、何者かになろうとしたものの、受容の下地に恵まれていなかった父のことを書くにあたっては、やはりいつも筆に、いやタイプライターに力が入ってしまう。父を少しでも笑えば、ナイポールにとってそれは冒涜にもなった。『蛍』を書いた弟シヴァと決定的に違うところだ。ところがナイポールも母のことを書くとなると、そこにユーモアが入って来る。

といってもナイポールの二十一世紀の書き物にはある種の余裕が見られる。さまざまな文学賞を受賞し、最後にのこったのがノーベル文学賞。それを二〇〇一年に受賞した今、公的な意味での上というものがなくなった。あとはそもそもの本質的な仕事である自身の問題、その問題の掘り下げが残るのみだ。したがって父のことを書く場合も、かなり客観視をするようになり、トリニダードの歴史的文脈のなかで父を位置付け、受容層の欠如ということを問題にするばかりであった。

そもそも母のことはあまり書いてこなかったナイポールだが、『作家をめぐる人々』では母が少しだが登場する。登場の場は第三章「インド的なものの見方」の最後のところなので、そこに至るまでの作品の流れを多少先取りすることになるが、父の旅を見たところで母の旅も見ておこう。

母の旅は第三章に登場するラーマンという男の話の流れで出てくる。ナイポールは祖母の家のマットレスの修理にやってきたラーマンの旅から始め、ガンディーの旅、ネルーの旅へと移り、母の旅で章を結ぶ。ラーマンの世代にとって、一九四五年から一九四六年にかけて、インドは到達しがたい場であった。記憶のなかで消え行くインドは神話化された。ラーマンの次の世代である母にとってもそれは同様で、インドはいわば消え去りはしたが完璧なものであった。

この世代はインドを崇敬の対象とした。この崇敬のなかに政治的なものは何もなかった。独立運動の偉大な指導者たちの名前は知られていた。しかしそれはなかば神格化されていた。独立運動がどこに向かうかということもわからなかった。インドの芸術あるいは歴史についての知識も皆無だった。インド文化とは映画と、宗教および宗教的儀式のなかで遺っていたものを意味した。(中略) インドからの訪問者は崇拝された。はるか彼方の聖なる地からやってきた物や人には、なにかしら純粋で偉大なものがあった。(『作家をめぐる人々』、一一九頁)

実に興味深いことだが、「この崇拝、神話の地としてのインドという観念は、インドが手の届かぬところにある間、続いた」(同)。時間的距離、空間的距離が大きければ大きいほど崇敬が加速するとは、今日では想像しがたいところがある。「絨毯」の喩えで言えば、母もインドに行く前は、その父親と母親、つまりナイポールの祖父母が用意した「絨毯」の上に乗り、インド人コミュニティーのなかでのみ生活し、植物が根を新たな地にはるようには、その土地に深く根付いたわけでもなかった。息子ナイポールはその土地を出たいと思いながら育ったわけであるし、孫の世代には、トリニダードから出た者が何人もいる。トリニダードは母の一族にとって一時的な居場所でしかなかったのかもしれない。マットレスもまた「絨毯」につながる。マットレスはインドから持ち込まれた「絨毯」ということになりもする。

時代も下り、「第二次大戦後、旅ははるかに容易になった」（同）。旅はトリニダードからイングランドへ、そしてイングランドからインドに向かうというものであった。旅をできる余裕のあるものは、生きているうちにひと目インドを見ようと、腰を上げた。奇妙なことがおこった。六十年も七十年も闇のなかにあったインドが光のもとで見直された。「見方の変化はすべての者に同時に起こったわけではない」（『作家をめぐる人々』、一二〇頁）。ナイポールの母の姉妹も何人かがインドに旅をしたが、彼女たちは目指すべきインドの故地の住所を歌のように暗記していた。なにかブルース・チャットウィンの『ソング・ライン』を想起させるが、姉妹たちは住所を覚え込んでいた。祖母の家で育ちながら、余裕のある家に限られたことであったが、はるか彼方の神話の土地の住所を自然に暗記してしまったのだ。かの女たちの目的のひとつはギアナでつくられた金細工をインドでつくられた金細工に変えることであった。トリニダードに持ち帰った金細工は、インドでつくられたということで、それなりに価値があった。だがインドの神話はしだいにトリニダードの人々の間で朽ちていった。巡り合わせとはいえ、トリニダードに移り住めたことは幸運であるという考えも広まった。こうした第二次世界大戦後のインドをナイポール自身も体験することになる。第一番目のインドが神話の土地であるとすると、第二番目のインドは現実のインドだ。イングランドへの留学、ロンドンでの文学修行のあとの二十九歳のときのことだ。港の汚れた水を見て、ナイポールは人がこれまでに行ってきたさまざまな旅に思いを馳せる。はじめは何から何まで気になっていたが、一年の滞在を終えると、筆は思うように進んだ。こうしてできあがったのが『インド・闇の領域』だ。そこにはナイポールのインド滞在の最終目的地でのできごとが、母方の祖父の冒険について語るジュソッドラの逸話を含め、詳細に語られている。

ナイポールのインド訪問に遅れること約十五年、母はインドに行こうと思い立つ。一九七〇年代の話だ。姉妹と同様に覚え込んでいた自分の父の住所を頼りに、その住所の最後のラインに到達する。だれもが歓迎してくれた。食事はどうかと訊かれ、辞退すると人々は安堵する。慌ただしく茶のしたくが行われ、母は人々と会話をする。母は茶の入れ方ひとつにも想像していたインドとの違いを見てトリニダードに戻る。「かつての神話の土地、完全なる土地は消えてもはや手の届かぬところにあり、母から言葉を奪った」(『作家をめぐる人々』、一二二頁)。

ナイポールは第一章「蕾のなかの虫」でトリニダードとその周辺の島々出身の文学者、ウォルコット、ミテルホルツァー、セルヴォン、そして自分の父親であるシーパサドについて語った。かれらの生涯はそのまま移動の旅の物語だった。トリニダードの外に出ることのなかった父の生涯でさえ島の中の移動の物語だった。こうした移動とのからみで先回りをして触れたナイポールの母の移動、インドという一族の出身地への訪問には、ある種のやるせなさが伴っていた。

父は妻の父がインドからトリニダードに持ち込んだ「絨毯」の上で暮らした。いかにその「絨毯」が気に入らなくとも、妻の母の「絨毯」の上から落ちれば、行き場はなかった。『トリニダード・ガーディアン』という場所も父に恒久的な安定の場を提供するものではなかった。父が憧れ、父に新聞記者としての仕事を教えたマゴウアンは、所詮外から来た人であった。イギリス文化という「絨毯」に乗り、しばしトリニダードに腰を落ち着け、またその「絨毯」に乗って去っていった。ヨーロッパの「絨毯」と呼び変えてもよい。

イングランドの文人

ナイポールは、第二章「イギリス流のものの見方」で場所をカリブ海の島々から大学を卒業後のロンドンに移し、そこでのエピソードについて語る。まず登場するのは、アントニー・ポーエルだ。ナイポールは章の冒頭から「この章を書き進めることは簡単ではないであろう」(『作家をめぐる人々』、三十五頁)と予想する。読み進むうちに、困難の理由がわかってくる。前章のカリブ海の島々出身の作家とは、父親をのぞき、とくに深い関わりはなかった。そのため、かれらのピークとその後、あるいはピーク以前について、比較的客観的に書き進めることができた。ナイポールにとっての関心は作家一般というものであった。ところがその問題をイングランドで検証してみようとなると、自分に目をかけてくれた人物についても、遠慮なく書かなければならない。そこが難しいところだ。ナイポールがポーエルに初めて会ったのは一九五七年で、ポーエル五十二歳、ナイポール二十五歳のときで、ポーエルは「名声のピーク」にいた。最後に会ったのは一九九七年。サマセットの家の玄関で、別れを告げるポーエルには、これが最後の面会であるとナイポールに知らせるかのような雰囲気があったという。ポーエルはその後、別の人物とは会っているので、自分との付き合いをその時に打ち切ったことになるということはナイポールも承知している。ここで面白いのは、ナイポールがポーエルとの長い付き合いのなかで、かれの代表作を読んでなかったと告白するところだ。こういうことはあるのかもしれない。親しくしているからといってその人物の著書をくまなく読んでいるということにはならない。むしろ生身の人間を知っているからこそ、作品に手をのばさないということもあるだろう。それを不誠実と言っては、かなりの人間が不誠実ということになる。ナイポールによるとポーエルにはロンドンの文壇で生きていくひとつのスタイルのようなものがあった。ナイポール自身も含め才能のある若手を一種のコレクションのように集める。雑誌の編集をし、かれらに仕事を回す。自らも進んで書評をしたためる。そうこうしているうちに遺産が入り、生活の心配がなくなる。ハングリーな状態を脱し、文学への切迫感がなくなる。他方、ナイポールのような若手が見る見るうちに成長していく。最初は自らのコレクションのひとりが名声を勝ち得ることで、満足も得られたかもしれない。しかしその存在があまりに大きくなれば、自分の手におえなくなる。一九九七年とはまさにそのような時期だったかもしれない。ナイポールは『到着の謎』はおろか『世の習い』も世に問うた六十歳を越えた大物に育っていたのであるから。ただ、そういうことをナイポールとしても自分では書きにくい。そこで弟のシヴァの手法ではないが迂遠法とも言える筆致でポーエルと自分とのことを書いたのであろう。もとよりナイポールの関心はポーエルその人であるよりも、作家というものの生涯、あるいは生涯という旅の姿だ。どこに苦難の時代があり、どこにピークがあり、どこに緩やかな下降があり、あるいはどこに突然の幕引きがあるかといった点こそ、ナイポールの最大の関心事であった。ナイポールのノンフィクションに登場する人々には作家のそうした関心のありようが色濃く反映している。ポーエルとの交友の話に続くロンドンの文壇の人々の話も例外ではない。

ポーエル論が読後にカタルシスをもたらさないのは、ナイポール本人が章の冒頭で書いていたように、難しいことを言おうとしているからだ。これに対し、同じ恩人でもフランシス・ウィンダム以下に登場する人々の話は、読んでいて、作家が若いころに自分を認めてくれた人々に会えたという幸福を率直に表現していて、読後感もよい。実際には紆余曲折あったはずだが、七十歳を越えた時点でナイポールが晴れ晴れとした筆致で書いているところが重要だ。

トニー、と途中からナイポールはポーエルのことを愛称で呼びはじめるが、そのトニーにナイポールを紹介する手紙を書いたのが、一九五七年当時グレイト・ラッセル・ストリートにあった出版社アンドレ・ドイッチュの編集者フランシス・ウィンダムだった。ウィンダムはナイポールの作品を最初に読んだ人物だ。その後、デーン・ストリートのコーヒー・ハウスでナイポールはウィンダム、同僚の編集者のダイアナ・アシルと会う。ウィンダムの出版社のオフィスのスペースはパーチションの間の狭い空間でしかなかったので、こうして身体をのばす。薄給で、これ以上安くしたら、雇い主のアンドレ・ドイッチュは監獄行きだといった冗談が飛び交った。ウィンダムには実に広い交友関係があった。「私の無知が二人の交友をいっそうなめらかにしたようだ。私はかれの知性とウィットを好んだ。私が生まれて初めて知った、本に耽溺した人物、知性の人であった。それから一週間に一度会うようになった」(『作家をめぐる人々』、四十七頁)。こうしてナイポールやトニーをはじめとしたロンドンの知的な人々に出会う。それにつけても情けないのは、自分があとにしてきた狭い世界であった。

うまく定義できないが、そうしたヴィジョンの幅の大きさ、外から来たものへの歓迎の姿勢こそ、イングランドというより大きな世界に私が見いだしたいとかねがね期待していたもののひとつだった。私はずっと自分の育った狭い場所の軽薄な悪意から逃れたいと望んでいた。そこではすべての判断が道徳的であり、悪意に満ち、腐敗していた。いわばゴシップだよりの判断だ。(『作家をめぐる人々』、四十九頁)

イングランドというより大きな世界に自分を「トランスプラント」したかったというわけだ。といって、イングランドに来れば、すべてがそうというわけでもなかった。この後、ナイポールは大学の教育も狭くありふれていた、ＢＢＣでの交友もしかりと書く。ウィンダムとの交友のはじまりが別格だった。

スウォンジー、ウィンダム、ポーエルと知り合いが増える。ナイポールはこういう人々との交流こそ自分の求めていたものだと実感する。かれらの内にこそ文明の深みを見いだす。ナイポールはポーエルの批評の言葉に酔う。処女作には「叙情的なものがある」という表現をいとも簡単に言ってのけるポーエルの言葉や姿勢を模倣さえした。

ナイポールのポーエル模倣は、『模倣者たち』のシンとシャイロック氏の関係を想起させる。主人公シンは縦長の下宿部屋でせせこましく暮している。その最上階には家主シャイロック氏のための部屋があって、シャイロック氏はそこでロンドンの若い娘と密会する。シンは、シャイロック氏のスーツ、物腰、癖、あらゆるものを真似てみたいと思う。読者を突然襲うのはそのシャイロック氏の死だ。死はトリニダードとは異なり、ロンドンにあっては突然やってくる。

ナイポールのポーエル模倣、シンのシャイロック氏模倣。これをインドの模倣とその弊害について分析した『インド：傷ついた文明』第六章の「総合と模倣」とならべて読むと、興味深い事実に至る。「総合と模倣」は、一九七〇年代、急激な近代化のなかで、そとから入って来たものをなんとか模倣しようと苦しむインドの姿を描いた章だ。絵画もイギリスのコンスタブル風の模倣というところから技術論にまでおよぶ。この記述からは、まず時代を差し引くことが重要だ。ナイポールがこれを書いたのは七十年代のこと。次にここに至るまでのナイポールの提示する具体例も深く読み込んでからこの内容を考察すべきであろう。重要なのはなぜナイポールが章の冒頭に登場する戯画的な夫婦の気づかなかった模倣性に気づいたかという点だ。ナイポールがトリニダードでアメリカを模倣しては破綻する人々を何人も見てきたということ、自分自身がイギリスの文人を模倣して、ある時点から、そのことによる矛盾を意識し始めたということが、『インド：傷ついた文明』におけるインド分析に結びついている。模倣にがんじがらめになったナイポールとそこから抜け出したナイポールがいる。抜け出したナイポールにとって模倣にがんじがらめになった状態にあるものについては、それが人であれ国であれ、目についてしかたがない。

ナイポールはグリーンやウォーといった同時代の作家の作品というものにどうも馴染めなかった。『静かなアメリカ人』のグレアム・グリーンがその一例だ。新聞を読む習慣もなかったし、政治を追いかける習慣もなかったからだという。アメリカの大統領選挙にもイギリスの政治にも関心がなかった。ワーズワースに会ったド・クインシーが、丹念に詩人が新聞を読んでいるのを知って失望したという話まで持ち出す。アメリカの政治に関心はないといっても世界には関心がある。あらかじめ新聞を読まなかったことで、旅で出かけた場所が新鮮に見えた。そういう具合だから、ナイポールの政治的関心の薄さに驚く人々もいる。理由をナイポールは自らの生まれた土地の歴史と文化に帰する。

歴史的にガンジス平原の農民は力のない人々であった。われわれは暴君によって支配された。はるか遠くにいる暴君に。かれらは攻めてきては去り、われわれはかれらの名前さえしばしば知らない。そのような状況では、政治に対し、かりにそのようなものがあるとして、関心を抱くことは意味をなさなかった。政治的にガンジス平原で真実であったことは、大戦前のトリニダードにおいても真実だった。この点でいずれにしてもインドから蒸気船で長い航海の旅をした人々は、新たな土地で自分たちを興奮させるものを何も見いださなかった。

（『作家をめぐる人々』、五十二頁）

支配者との距離が政治的無関心を生む。支配者はその姿を見せぬことによっていっそうの支配力を発揮する。これは何もナイポールの先祖の地に限った話ではない。人々から見えにくい支配者の支配力はフランツ・カフカの世界にもおよんでいるし、チャールズ・ディケンズの『リトル・ドリット』の世界にも及んでいる。『リトル・ドリット』の「サーカモロキューション・オフィス」はなにがなにやら作中人物にも読者にもわからない。わからないものがわれわれを支配し、動かしているというところが不気味なのだ。クシュワント・シンが傑作『首都デリー』で何度も描いた西からデリーに入っては、また西へと去って行った支配者たちのほうが、その宗教的動機、物質的動機がわかりやすいだけに、まだ整理がつく。

ただしすべてがナイポールのように政治的になりえなかったかというとそうでもない。アルバート・ゴメスの後に出た真の意味での黒人の指導者エリック・ウィリアムズは、トリニダードを出てイングランドに歴史を学び、奴隷制度の研究をした。その内容はイギリスにおける定説と異なるものであったため、イギリスはウィリアムズの初代首相就任に圧力をかける。ウィリアムズは歴史を学んだ。ナイポールは、同年代前後の人々が医学や法学を目指すなか、英文学を学んだ。もとより背景には父の強い影響があった。そのあたりにナイポールが政治との距離をとった理由の一端がある。だが、ナイポールはインド、アフリカと取材のあと、イスラム世界取材を行い、より大きな政治の世界に身をおくことになる。どの政党、どの大統領といった政治ではなく、さらに大きな政治に。

祖母の家の中の世界で育ち、成長につれ、学校に行くために家の外の世界を知る。しかしその外の世界は小さく、周りを海に囲まれている。海の向こうにはヴェネズエラがある。それでもまだ狭い。小さな島で育ったナイポールには、政治はせいぜいアルバート・ゴメスを意味した。トリニダードの当時三十万人いた黒人のリーダーになろうとした人物だ。

このような状況で、(モリエールや他の作家たちの背景を知るために『歴史入門』シリーズで)ルイ十四世について、あるいはフランス革命について、あるいはフランス十九世紀のおぞましい変動について読むことは、おとぎの国について読むことに似ていた。だれも実在の人物に見えなかった。宮廷とは何であったのか?　宮廷人とは何であったのか?　貴族とは何であったのか?私は頭の中でかれらを造り上げなければならなかった。しかしかれらの大部分は単なる言葉のままで終わった。このようにして私は実体のない、つかみどころのない多くの事実を拾い上げた。しかし私は無知の雲のなかに住んでいた。私の周りの世界は、宗教的儀式の間の祖母の家のなかでも、教科書のなかでも、曖昧模糊としたものだった。

（『作家をめぐる人々』、五十四頁）

これはある年代までの日本の外国文化受容にもあてはまるかもしれない。英語の教科書を開く。ガレージがあり、芝生があり、リビングルームがあり、ベッドルームがありというアメリカの家の絵が英語の教科書の表紙の裏に発音記号の表などと一緒に描かれていたりする。もとよりそれに近いかたち、あるいは広さの家に住んでいた者の数は都会ではまれだ。それがイギリスものの英語の副読本ともなると、中高生はさらに想像力を働かせなければならなかった。ロンドンの名所旧跡。テムズ川。大英博物館。想像の産物のなかで英語を読む。

ナイポールは作家の側にも問題があったと指摘する。自分が『静かなアメリカ人』を三分の二で放り出したのは、作家グリーンが主題を明確にしなかったからだと言い切る。「かれはかれの世界のみが問題であることを確信していた」（『作家をめぐる人々』、五十四頁）。こうした人々をナイポールは「首都の作家」（同）と呼ぶ。かれらは中心のことにしか実は関心がない。ただ「首都の作家」にも、モーパッサンのように目立たない人物を描く作家もいる。それでいて、はるか遠くの読者にもその世界を接近可能なものとする、つまり「普遍的」なものに仕上げる。十九世紀のフランス史を知らなくても理解ができる。ロシアの作家もマーク・トウェインも同様だ。ところが、ふたたびイギリスの作家に戻り、イーヴリン・ウォーとなると、ナイポールはグリーン同様わからなくなった。戦争の流れや小さな場所の作戦に熟知していないために、前に進めなくなってしまった。キプリングにつながる何かを感じ取る。

読み進むことのできる作家、できない作家、両者に触れることによって、ナイポールは、自分は自分のやり方で進むしかないと悟る。個を描いて普遍に至る作家、個を描いて個に留まりつつその個を理解し共有できるものにはそこで普遍を垣間見せるというタイプの作家。ナイポールは前者であった。モーパッサンや、ロシアの作家や、トウェインの仲間入りをし、グリーンやウォーとは別の世界の住人となった。サマセット・モームも素材の点で合わなかった。先行作家と自分の距離をはかる上で、何をとり、何を捨てるべきか見えてきた。ヘンリー・ジェイムズを「甘美な空虚」とも形容できた。自分の道を探し始めるや作家の共和国は存在しなくなった。そうしたなかで「トニー・ポーエルのと交友が続いたことは驚くべきことだった」。

ナイポールは、ポーエルやウォーの苦労に気づく。かれらの生きた時代にヨーロッパにもはや書くことがなくなってしまった。チャールズ・ディケンズはイタリア（『イタリア紀行』）やアメリカ（『アメリカ覚え書き』）まで出かけたものの、ロンドンのなかに十分書くことを持っていた。バルザックもしかり、トルストイもしかり。遠く彼方に出かけなくとも、目の前に書くことは十分にあった。代わってラテン・アメリカやインドで強力な文学が書かれるようになる。ディケンズ、バルザックなどの古典は別として、もはやヨーロッパの一九三〇年代以降の文学に飽き足らなくなった読者は、新たな場を舞台とする文学に向かい始めた。

一九三二年生まれのナイポールにとって、トリニダードに生まれ、ここには書くことがないと最初のうちは嘆いていたことが、ある意味で幸いした。なぜなら、ナイポールが憧れたロンドンの作家たちも、ロンドンという土地で、ヨーロッパで、書くことがないと嘆いていたからだ。オックスフォード、ロンドンですぐにそのことに気づいたナイポールは、書くことがないと一度は打ち捨てたトリニダードを舞台に作品を書く。あとはロンドンではなく、世界の各地に舞台を移す。しかし、他のいくつもの地域での経験の蓄積がしまいにはロンドン描写にも深みを与え、他所の土地から来たものが見る独特のロンドン像を『模倣者たち』といった作品で描くことができるようになった。

最初の作品を書くにあたり、トリニダードという素材に戻ることで、それを実現した。四作目『ビスワス氏の家』を書き終え、しばしトリニダードを離れたかに見えるが、実はそうではない。どこの土地を舞台に作品を書いていても、あるパラグラフで突然トリニダードの話になる。それをまたかと考える読者は、ナイポールから離れていくだろう。他方、世界の各地域の比較は、ひとつの普遍的な物差しがあるのではなく、他の具体的な地域との比較の上になりたつという観点に立てば、具体には具体を、まえに来る具体が新たに訪れた地域、あとに来る具体がトリニダードであっても問題はなかろう、むしろそこに公式化されぬ世界認識のありようが展開すると考える読者はやがてナイポールの愛読者となる。新たな土地とトリニダードとの往還が読者に時空間の差異を意識させる。読者はみずからの土地、日本人読者であれば日本のある地域の時空をそこに介在させて、世界像の多様性の深みを意識し始めることになる。とりもなおさずそれがナイポールの手法だ。ナイポールは、当初、欠如していると見えた背景の欠如を旅をすることで意識的に補い、インディアンディアスポラのみならず読者を増やしていった。

イギリス小説とトランスプランテーション

ナイポールによると、ウォーやグリーンは無理をして書いていたことになる。では、無理をしないで作家がヨーロッパを書けた時代とはいつか。英文学について言えば、それは十九世紀ということになろう。インターネットはおろか映画もテレビも小説の存在を脅かすことはなかった。活字が複製芸術の主流を占めていた。ナイポールの後の時代の作家たち、さらに二十一世紀の作家たちの「絨毯」と「トランスプランテーション」については場を改めて考えるとして、ここではこの小説というジャンルの最盛期のなかからごく一部の作家について見てみよう。

最初はジョージ・エリオットという男性名前の女性作家による作品『サイラス・マーナー』。戦前の教材というかたちで記憶されていそうなほどに古めかしい作品だが、人の移動や人の孤独というそのテーマは古びない。マーナーは北部ランタン・ヤードという架空の町の住人で、ある教会に通うが盗みの罪を友人に着せられ、そこを去る。ただマーナーには技術があった。それが言わば

「絨毯」となって、ラヴローという村に移り住み職工として生活の糧をえる。やがて自宅に迷いこんできた赤子を引き取り、その子の成長とともにラヴローに自らを「トランスプラント」する。すっかり村の住人となったマーナーは、成長した育ての娘エピーをともないかつて自分が追われた町ランタン・ヤードを再訪する。するとかつての町も教会も根こそぎなくなっており、工場町に変わっていた。

『ロモラ』は同名の学者の娘の物語だ。盲目の父の秘書代わりとして学問を身につけるが、ふとフィレンツェにやってきた青年ティートに惹かれ結婚する。ティートはメディチ家の通訳などを勤め、フィレンツェの世界で出世をするが、ロモラの家に自らを「トランスプラント」することは決してない。ロモラはティートとの生活にも師と仰いだサヴォナローラの世界にも安住の場を見いだすことなく、一度は海岸につながれた舟で沖に出て運命に身を委ねるが、ながれついた村で人を助けるという自分のありかたを再認識し、フィレンツェに戻る。ロモラにとってフィレンツェのみが、フィレンツェこそが住み続けるべき場所であった。

他方、代表作『ミドルマーチ』のドロシアは自らの育った地方都市に根付くことができなかった。最初の結婚で夫と死別の末、ラディスローと再婚、活動の場をロンドンに移す。もうひとりの中心人物リドゲイトも医師として最初は高い志を抱いていたが、ロザモンドと結婚の末、富裕層の患者を相手に、ミドルマーチから離れ、温泉に仕事場を求め、長生きをすることはなかった。

ジョージ・エリオットの作品には周りとの折り合いの悪い作中人物が多数登場する。ナイポールが二十世紀に中心と捉えたイングランドの中心でも、十九世紀には人と環境のさまざまな齟齬を主題とした作品が書かれた。

十九世紀にはもうひとり、巨人の名に値する作家がいる。チャールズ・ディケンズだ。人を簡単にほめることのないナイポールだが、この作家についてでは『読むことと書くこと』のなかで初期の作品と後期の作品を比較するなど、終始、好意的な反応をしている。

ディケンズの作品はあまりに多く、その「絨毯」と「トランスプランテーション」を追えば、たちまち頁数を浪費しかねない。後期の二作に絞って話を進める。

『荒涼館』はリチャードという青年の就職活動を主題とする本と言ってもよい。ところがリチャードは、たいしてあてにもならぬ遺産相続の話に夢中で一向に就職活動に励まない。船員も嫌、牧師も嫌、医者も嫌と言って、ひとつの職業に焦点を絞らない。最後には遺産も相続できず、仕事も得ることができずというリチャード以外の誰の目にもわかっていった結末が待っていた。リチャードは自分の怠け癖という「絨毯」にその短い人生の間じゅう乗っていた。

『リトル・ドリット』にはウィリアム・ドリットという周りの見えない人物が登場する。ドリットは自分のおかれている状況を無視し、負債者監獄という場にいるという現実から目をそらす。ドリットにあっては「絨毯」は自分から現実を閉ざす目隠しであった。

ナイポールが中心と見なしたイングランド、その中心ロンドンにあって、十九世紀小説には自らを根付かせることのできぬ人物が多数いた。

『作家をめぐる人々』の第三章については、その最後のナイポールの母の旅にすでに触れた。ナイポールにしては珍しく母のことを語った箇所だ。作家は誰しも繰り返し書く内容と決して触れない内容とを持つ。ナイポールの父シーパサドは寡作な作家だが、その理由のひとつに自分の父と母のことについて現実生活のなかでも息子ナイポールに語って聴かせなかったという事実がある。ナイポールは父方の祖父母のことについても知りたがった。母方の祖父母については十分に書いてきた。だがシーパサドは口を閉ざしたまま他界した。ナイポールはトリニダードに戻ると、おりにつけ自分がかつて訪れた土地や自分の縁者の住まいをたずねた。そのようにしてあるとき、父の母について書こうと思い立つ。祖母は一九四一年か四二年になくなったようだ。ポート・オブ・スペインの約八マイル東の地トゥナプナのイースタン・メイン・ロード沿いに住んでいた。

溝の向こうの家はペンキを塗ってなかった。激しい日の光と騒々しい雨によって家は灰色、あるいは黒ずんでいた。これはこの地域の木造の家によくあることだった。すぐに建てられる。住民にはペンキを塗る余裕がなかった。また必要とも考えていなかった。

（『作家をめぐる人々』、七十四頁）

この家のなかで、祖母と足の悪い兄弟のランジットが住んでいた。ナイポールの祖母についての記憶は曖昧だ。のこされた一枚の写真もぼけていて、ただ生活苦のみが伝わってきた。十歳の、日記をつけはじめたころを思い起こしても、またそれを読み直しても祖母についての正確な記憶は蘇らなかった。他方、祖母の姉妹も同じ通りの反対側に住んでいた。バス会社の創立者に嫁ぎ金に困らぬ生活をし、ふたりの娘をもった。

父はどちらについても書くことがなかった。作家として父が自分自身を否定してきたことが私には驚きだった。作家として父は自分に多くを与えてくれた。しかし沈黙をまもったことも多かった。父のこの沈黙は実生活での沈黙とかみ合っていた。私の祖母の不幸な生活やランジットの挫折のように語ることのできぬものも世の中にはあるのだ。私は自分の入り込むことのできぬ過去について嘆いた。そして今、作家をかかえた一族においても、さらに近い過去がいかに消し去られようとしているかの好例がある。(『作家をめぐる人々』、七十六頁)

シーパサドであれナイポールであれ、作家を志すもの、あるいは作家そのものがいれば、その一族の過去が書き残されるというものではない。作家には書けることと書けぬことがある。どれほど身近なことでも知識がなければ書けない。ナイポールは祖母の家のある地域を再訪し、家を当時必要としていた人々は亡くなるか、カナダや合衆国やヨーロッパに移り住んでしまったことを知る。第二の移民だ。インドからトリニダードに移り住む。その孫の世代はトリニダードを出る。トリニダードを一時的な場とした一族も少なからずあった。

ナイポールの父方の祖母に触れたところで、母方の祖母も含め、一八八〇年から一九一七年まで続いたインドからの移民が携えてきたものを見てみよう。ナイポールはこう説明する。

おそらく可能であろう。移民たちが自分たちとともに抱えてきたものから、そして自分たちの記憶の中に抱えてきた——民俗的記憶のように、一緒くたにもたらされた——宗教的儀式や祭りから、文明を再構築することは古代インドやエトルリヤについてよりも容易であろう。したがって、ある意味では、移民たちはインドからほとんど何も抱えてこなかったということは不可能だ。かれらはかれらの文明を抱えてきた。かれらはおそらくそれを説明することはできなかったろう。自分たちが接することのできる細部——ほとんどあらゆる人間の行為を参照することのできる叙事詩、一年を劇的なものとし、かれらのカレンダーを島の他のカレンダーと分け隔てた複雑な儀式や祭り、そして財産についての根深い考え——を除いては。

(『作家をめぐる人々』、七十九頁)

これが移民達のいわば「絨毯」であった。「絨毯」はやがて母方の祖母の家の「マットレス」のように、修理が必要となった。「絨毯」は朽ちもし、忘れ去られもした。記憶のなかの文明は、朽ちやすく、一世代、ないし二世代で滅びる運命にあった。というわけで移民たちの記憶から文明は消えていった。ナイポールが一族の記憶のなかのインドに実際に触れるのは、三十歳の一九六二年、初めてインドを訪れたときだった。
一九四四年か四十五年、母方の祖母はマットレスの修理を思い立った。職人が呼ばれた。この人物は自足した物腰で、修理が住むまで近所で生活することになった。ナイポールはこの男に関心を持った。かれもまたインドから渡ってきた移民だった。ナイポールはかれからかれの知っているインドについて話を聴きたいと思った。インドについて何を覚えているかとのナイポールの問いに、かれはしばらく考えてから答えた。「鉄道駅があった」と（『作家をめぐる人々』、八十二頁）。それがかれの記憶しているインドのすべてであったことにナイポールは驚く。

（その後の経験と判断に飛べば）小説の読者が読んでは忘れていくように、マットレス職人も生きては忘れていったのだと思う。かれには分析的な力がなかった。人生と世界は、いわば、たえず一方の目から入り、もう一方の目から抜けていった。私が過去について質問しそこなったインドで生まれた他の人々についても同じことが言えたであろう。インド、そして過去は、これらの人々とともに消え去った。現在、そしてトリニダードが、今、消え去りつつあるように。
（『作家をめぐる人々』、八十三頁）

ここにはふたつの重要な指摘がある。小説とは、読者が読むそばから忘れ去られるものであると。つまりそれがちょうど人生のようであると。それでもなぜ人は小説を読むのか。小説を読むことをときに人生の代償行為としているからだ。限界を持った個人が自分を越えた世界および世界認識を知るには、小説は恰好の手段となる。それがたとえ小説家の妄想であっても。小説との過度の接触が読者の現実世界の破壊につながることがあるとしても。小説には小説でしか伝え得ぬことがあり、小説家はそれを小説で表現する。ナイポールのフィクションとノンフィクションを読み比べると、双方のジャンルの役割があきらかになる。小説は読者を解放し、評論は読者を引き締める。読者はこの弛緩を堪能する。もうひとつ重要な点は、マットレス職人の忘却の一般性だ。何もこの男が特に分析力という点で劣っていることもない。だれしも過去を忘れがちだ。しかしナイポールは、それが身の周りのインドからの移民にとくに著しいと言いたいようだ。目の前の生活に追われ過去を忘れる。忘れたい過去がある。いずれにしても、マットレス職人が駅だけを覚えていたということに変わりない。移動、移民として移動することは、かくも劇的な忘却を人に強いる。そしてナイポールと同世代、さらにその下の世代の、今度はトリニダードからカナダや合衆国やヨーロッパへの移民が続く。こうした移民にとってトリニダードもいずれ忘却の淵に消える。ただ、作家という職業柄、ナイポールのように言葉に関わりつづけてゆくしかない人々のみが、忘却にあらがいつつ、自らの言葉の誕生の地と、自らの言葉の成長、成熟の地とを往還する。

ナイポールはしばしばトリニダードには文明がないと嘆いた。前世紀のあるエッセーにその文明のことが書かれている。二十一世紀出版の『作家と世界』におさめられた「あとがき：われわれの普遍的文明」（一九九二）はこの大きな課題に挑むナイポールの講演の記録だ。ナイポールのアプローチは定義から入るものではなく、具体的な事実から入り、やがて普遍的文明とおぼしきものの輪郭に迫る。ナイポールにとっては状況や人間はつねに具体的なかたちをとっていた。そのためにかれは旅をし、旅をしては書き、また旅に出た。抽象的ななにかから出発するのではない。そうしたかたちは政治や宗教と結びつくが文学とは結びつかないという発想だ。話はジャワ旅行から始まる。そこで知り合った青年が詩人になりたかったという。母親はとまどった。インドネシアにはすでに叙事詩があり、それを研究するというのであれば、まだ話もわからなくはないが、詩作をする現代詩人という観念がどうしても理解できなかったのだ。つまり本をめぐる一連の世界というものがなかった。それは父が生きた時代のトリニダードにも当てはまった。インドからの農業を営む移民たちにとって、本をめぐる一連の世界は無縁であった。それでも文字の世界に生きようとした父は新聞記者の道を選び、息子に文学教育を施すことにした。父は高度な文明は言語に関わるという認識に至った。感性は言語という形式を必要とする。父にとっても息子ナイポールにとってもその言語とは英語であった。しかし

本はただ頭のなかで創造されるものではない。本とは物質的なものである。本を書くためには、ある種の感性を必要とする。つまり言語と言語の才が必要である。そしてなんらかの文学的形式が必要だ。自分の名前を書物に刻むためには、自分の外部にある巨大なしくみが必要だ。出版社、編集者、デザイナー、印刷業者、製本業者、書店、批評家、そして批評家が本に

ついての意見を述べる場としての新聞、雑誌、そしてテレビが要る。さらにもちろん購買者や読者が要る。（『作家と世界』、五〇六頁）

書くことは孤独な作業だが、出版ということは、特別の社会を必要とするということだ。一連の本にまつわるすべてが揃っているのがナイポールにとっての文明社会ということになる。父やナイポールの生きた時代のトリニダードにはそれが欠けていた。作家になるためにはイングランドに渡るしか手段はなかった。アントニー・ポーエルという作家の知己を得て、フランシス・ウィンダムという編集者と知り合い、アンドレ・ドイッチュという出版社から本が出る。そこにはさまざまな人々が介在する。「このような社会はトリニダードにはなかった」（『作家と世界』、五〇六頁）。

一九五〇年代のイングランドで、私はつねにそう思っていた。書くということを職業にする者として、私にはほかにどこにも行く場所はなかった。もし普遍的文明というものについて説明しなければならないとすれば、それは文学に関わる職業のきっかけとアイデアを与えるような文明であると答えるであろう。それはまたきっかけを成就する手段を与えもする。つまり私が周辺から中心に旅することを可能とした文明、私を読者ばかりでなく、その背景が私の背景同様に儀式化され——私に対してと同様に——外部の世界が作用し、ものを書こうという野心を持つに至った今やもう若くないジャワの詩人と結びつけるような文明である。

（『作家と世界』、五〇七頁）

ナイポールは、自分の父親と自分がおかれた環境とジャワ島の詩人志望の人物がおかれた環境という具体例から出発し、その環境に欠けている本にかかわる世界こそ、ものを書くということを志す者にとっての普遍的文明にほかならないと考える。そこから、世界のなかでそのような環境の整って居ない場所に目を転じる。父には読者層がいなかった。自分もトリニダードにいては読者層を獲得しえない。イングランドに渡る。イングランドは英語世界の中心であった。ところがイングランドの作家たちはイングランドの読者層とひとつの社会をつくっていた。自分にはその世界の符牒が理解できなかった。自分で道を探し求めるしか道はなかった。

私の家族とトリニダードのインド人コミュニティーが植民地トリニダード、さらにそこから二十世紀に同化することは容易ではなかった。本能的、儀式的生活をしているわれわれアジア人にとって、歴史という観念に目覚め、われわれの政治的無力という観念を理解して生きることを学ぶことは苦痛であった。社会的適応が困難ということもあった。われわれの文化では結婚はつねに見合いであった。われわれが別のかたちに至るまでには多くの時間がかかり、多くの人生の挫折があった。私が説明してきた個人的な知的な成長はこのすべてとともに進んだ。

（『作家と世界』、五〇八頁）

文学的環境ばかりでなく、社会そのものが、中心と周辺ではおおきく違っていた。何から何まで違う世界に育った人間、文学を創造し受容する環境の整っていない世界で育った人間が、単に文学的環境の揃った環境に移り住んだからといって、そこに根をおろすこと、つまりトランスプランテーションを実現できるわけではなかった。

このエッセーを読み進んで行くと、『インド：傷ついた文明』でインドの文明を論じたナイポールが、ここでは文明という言葉でヨーロッパのそれを意味していることが明らかになってくる。一九九二年、『到着の謎』でイングランドに自らをトランスプラントしたことへの安堵感を綴ってから五年後、ナイポールの文明はヨーロッパの文明そのものに重なってきた。その文明に身をおきつつも、またしても他の地域の文明に目が向くのは、二十一世紀になってからのことだ。

普遍的文明はその形成に長い時間を要した。その文明はつねに普遍的であるとはかぎらなかった。その文明は今日そうであるようにつねに魅力的であったわけでもなかった。ヨーロッパの拡大は、その文明に少なくとも三世紀の間、民族的な影を落とした。それは今もって苦痛の原因となっている。トリニダードで私はその種の民族主義の最後の日々のなかで成長した。おそらくその経験から、私は第二次世界大戦の終結以来起こった大きな変化、世界の他の地域を同化しようとするこの文明の驚くべき試み、世界の思想の潮流のすべてといったことをよく理解

できた。(『作家と世界』、五一六頁)

ヨーロッパの人々、イングランドの人々が読めば、いかにも喜びそうなこの一節も、他方、アジアの人々、たとえばインドの人々が読めば、たかだかヨーロッパの文明を普遍的文明に置き換えていることに違和感を覚えるかもしれない。周辺から出た者が中心に鎮座し、中心を礼賛し、中心の文明が周辺におよぶことを望むという姿勢には、いささか辟易とさせられるところがあるかもしれない。ナイポールがそのまま中心に安住していたら、この批判も当たろう。しかし、ナイポールは中心にいても落ち着かなかった。周辺が気になってしかたなかった。それがロンドンやウィルトシャーに腰を落ち着けたあとの旅となった。問題は、周辺の状況だ。作家という職業を目指すかぎり、周辺にいては話が進まないという点がナイポールにとって最大の障害であったことを考えると、他の選択肢はなかった。しかし一端、中心で展開される本をめぐる世界に入り込むや、中心にはもはや書くべきことがないことを悟る。ポーエル、ウォー、グリーンと、ヨーロッパがすべて書き尽くされたあとに出て来た作家にとって書くことがなかったと考える。写真の世界を参照しつつ、これを言い換えれば、一部の写真家がパリのすべてを撮影してしまったので、後続の写真家のなかには、もはやパリに撮影すべきものが残っていないというのにも似ている。

ナイポールは自分が周辺から中心に移動していることから、もともと中心にいる人々、中心が日常と化している人々よりは、新鮮な目で中心を眺めることができたという。この単純なものの言い方に対する批判にあらかじめ備えるかのように、子供時代の発見というかたちで、汝の欲するところを人になせという、ヒンドゥー教にないキリスト教的姿勢に感動したとも言う。無神論者であることを公言するナイポールは、宗教を離れて、この考えを支持する。さらに件の文明における幸福の追究という考えにも、周辺から中心に入った人間として惹かれる。幸福の追究という思想は、父の両親には無縁のものであった。父はその思想を本のなかで垣間見た。ナイポールはトリニダードからイングランドに移動することにより、幸福の追究を体現する人々に出会うことができた。出版社の狭い椅子で仕事をし、近所のコーヒー店で息抜きをするフランシス・ウィンダムなどは、その典型であろう。ナイポールはウィンダムを通じて編集者という仕事について知る。そうした人物との交流にナイポールの幸福があった。「幸福の追究には多くのものが含まれている。個人、責任、選択、知的な人間の生活、天職、完璧さ、達成という観念。これは大きな人間的な思想だ。これは凝り固まった制度に還元しえない。これは狂信を産み出しえない」（『作家と世界』、五一七頁）。ナイポールはイングランドで初めて個人を実感した。トリニダードでは個人となることはおろか、物理的に一人になることも容易ではなかった。『ビスワス氏の家』のアーナンドがミルクをミルクスタンドでのむ場面などには、孤独の必要を痛感しながら、それを容易に達成できない主人公のしらけた気分がいわば充満している。老成すらただよっている。島を出ることができるか否かはナイポールにとっても自己責任であった。ひとたび出ることを選択したら、迷えば挫折が待つばかりだった。知的な生活はイングランドにこそあるという信念がナイポールを突き動かす。事実、ナイポールの父はものを書くということはしたものの、天職と自覚した作家としての地位を築くことはできなかった。

第五章

アフリカ

移り住むものたち

『アフリカの仮面』はアフリカの宗教を扱った作品だが、ナイポールの回る国々は六カ国なので、内容は紀行の様相をおびる。記述の対象となる国が変わるごとに読者はまずその国に慣れなければならないので、章ごとの冒頭の読みにくさという点では、ナイポールが若いころに書いた『中間航路』に似ていなくもない。この紀行も、トリニダードから別の地域に記述が移るや、読者は一からその土地に慣れる必要がある。『アフリカの仮面』に出て来る六つの土地とは、ウガンダ、ナイジェリア、ガーナ、コート・ジ・ボワール、ガボン、そして南アフリカだ。

ウガンダは七十年代の作品『自由の国で』や『暗い河』に連なり、コート・ジ・ボワールは八十年代のエッセー『中心の発見』におさめられた「ヤムスクロの鰐」に連なる。これら三作は『アフリカの仮面』の萌芽だ。『アフリカの仮面』も畢竟、ナイポールの出会う人々の集積であり、そこでまず問題となるのは、かれらが何者であるかということ、何によって生計を立てているかということである。

『自由の国で』は、そこにおさめられている作品がアフリカにまつわるものだという点で、『アフリカの仮面』に先立って、再読するに値する。ここには五作品がおさめられているが、当初、ブッカー賞受賞のおりには、三作品からなる一冊であることが、邦訳解説者の手で説明されている。(注9)

ここでは、作中人物の職業、「絨毯」、「トランスプランテーション」ということに関して話をすめる。五作品としてまとめられた『自由の国で』の冒頭は、「ピレウスの老ヒッピーだ」。「ヒッピー」ということばは職業を表現してはいないものの、そう呼ばれる人物の状態のなにがしかを説明している。事実、ここに登場する「ヒッピー」は名前がない。名前を明かすほどまでに人を寄せ付けない。あるいは人がよりつかない。舞台はギリシャのピレウスからエジプトのアレクサンドリアに向かう船上で、語り手は一人称の人物だ。この人物の職業は明かされない。そしてヒッピー、スペインの踊り子たち、アメリカの中学生たち、家具製造業者、ドイツ人女性、エジプト人学生が、船のなかでそれぞれの居場所を見つけ、それぞれの役割を演じ、なかにはありのままの姿で、同乗客に接する。ところがイギリス人の老ヒッピーひとりが、人々に馴染めず、不可解な行動で、まわりをあきれさせる。ナイポールは、二日間の船旅でも、乗り込んだ船の居心地の悪さを延々と書き、半ば強制的に同じ空間を過ごすことになった船の乗客をひとり描きこみ、なかでも奇妙なイギリス人老ヒッピーを前景に押し出す。船の世界がそのまま、現実の世界のように見えてくるころ、船はデスティネーションのアレクサンドリアに到着する。「老ヒッピー」はどこに自らを「トランスプラント」するでもなく世界を放浪する。自らを育んだ文明という「絨毯」は、その服装のごとく、すでにぼろぼろだ。

第二作「大勢のなかで一人は」は、ボンベイ（作品成立時点。現ムンバイ）で、外交官の料理人をつとめる男が、主人に付いてワシントンに渡る話だ。ボンベイで、仕立屋の荷担ぎといった仲間と夜は路上に暮らすという生活をしていたサントシュは、ワシントンでの生活の激変ぶりに目を見張る。路上に敷物を敷いて青空の下で眠ることこそ幸福と考えていた男、いわば「絨毯」一枚が夜の自分の居場所であった男は、生活の激変に憂鬱になる。主人の外交官も、レート差がそのまま国の格差であるかのような仕事相手の態度に苦悩する。サントシュは引きこもりがちながら、街でスパーマーケットの女店員やクリシュナをたたえる一団の人々を目にし、感慨に耽る。サントシュには、故郷の山間に妻子もいたが、今は記憶からほとんど消えている。街で知り合ったインド人のブリヤの勧めでかれの経営するレストランの料理人となり、主人の外交官のもとから出て行く。いまやすっかりボンベイに帰ることも山間の故郷に戻ることも忘れ、ブリヤの助言に従って、偶然再会した黒人のメイドと結婚し、アメリカ市民となる。サントシュは最後に、どれかひとつの瞬間が今の自分の岐路だったのではなく、いくつもの瞬間の連鎖が自分を今の自分たらしめたという境地にいたる。料理の腕がかれを救ったことになる。サントシュはアメリカに「トランスプラント」された。

「教えてくれ、誰を殺るのか」は兄と弟の物語だ。兄は島にいるときから弟の面倒をよくみる。やがて弟がイギリスに渡ると、兄もかれを追い、その勉学をささえる。作品は兄が弟の結婚式の会場にしぶしぶ向かうところから始まる。

兄は島ではトラックを運転していた。この仕事を軌道にのせ二台目、三台目のトラックを買い、仕事を拡大していく。島での生活時代、弟は一九五四年ころ大病をわずらい兄は苦しむ。スター・ボーイにもなれる器量の少年の苦しむ姿を見ていられない。やがて弟はプロフェッショナルな人間になりたいと勉学に励む。父親の弟の弁護士助手も、子供の教育に余念がなく、従兄同士の競争と嫉妬が加速する。島には村を出てビッグ・マンになって戻るものも出てくる。油田の仕事にからみ、弟は研究員という言葉を口にする。兄には初耳の言葉ばかり。薬、帳簿、法律はどうかときいてみる。母親は歯の学問はどうかという。そして弟は航空工学と、兄にも母にも予想外の志望を口にする。兄は資金集めに奔走する。弟を追って、ロンドン、パディントンに地下の部屋を借りる。タバコ工場で毎日働く。レストランのキッチンの夜勤も始める。金が貯まったところで、ローティとカレーの店を始める。弟はいつの間にか航空工学から手を引き、コンピューター関係の仕事を目指す。そして兄の知らぬ間に相手を見つけ、今、兄はその結婚式場に向かうところだ。兄は作品中で、警官、宝石商、驢馬の荷車引き、電気屋、仕立屋、ウエイトレスといった職業に関わる言葉をつかう。金持と職業人という言葉は別扱いとなっている。この作品は兄の愚痴のようなところがあるので、読んで愉快という作品とは言いがたいものの、ナイポールの特徴のふたつが顕著に見られるという点で重要だ。

第一に主人公の兄がしばしば何かを伝えようとするときに映画を引き合いに出すという点だ。エロール・フリン、『ロープ』のファーリー・グレンジャー、雨のウォールター・ブリッジのロバート・テイラーといった俳優の名前が並ぶ。ナイポールは『読むことと書くこと』におさめられた「インドの小説」のなかで、それまでは文学論や故郷の特殊事情、つまり普遍性と多様性のバランスをとって論を進めてきながら、最後のところで突然のように、ハンフリー・ボガートらの活躍したハリウッド映画の影響に言及する。それが自分にとってとても重要なものであったともいう。文学論や故郷の特殊事情とすぐに絡めることは時に日本の読者にはむずかしいところだが、『ミゲル・ストリート』のボガートを糸口に、まだまだ研究の余地のある。

第二は結婚式場に向かう憂鬱だ。作品全編に漂うのは、弟への愛情と、その弟が別の世界、自分の届かぬ世界に行ってしまうことに対し、納得のゆく説明が見つからないという憂鬱な気分だ。弟が離れていく瞬間の儀式である結婚式に憂鬱の頂点がある。

結婚式の憂鬱、結婚式に行きたくないという気分は別のかたちでも表現される。二十一世紀の作品『魔法の種』はロジャーとウィリーが南アフリカの外交官の結婚式に向かい、そこから中座する場面で閉じる。現時点でナイポール最新のフィクションが、E・M・フォースター風に、結び合わせることに終わるのではなく、結びつくことにまつわるさまざまな煩わしさを暗示しているということになる。ただし、フィクションであるから、ナイポールは、結び合わせよとも、結び合わせるな、とも書きはしない。『魔法の種』でもうひとつ面白いのはロジャーとパーディッタの関係だ。ウィリーが作品後半でロンドンに戻り、改めてロジャーに確かめなければならないほどに、それは『ある放浪者の半生』では微妙なものだった。しかし、ウィリーがロンドン不在の間の出来事だが、結局、ロジャーとパーディッタには他に選択肢がなかった。ちなみに『魔法の種』では、男女が相手のどこに魅かれるかという点の描写に円熟が見られる。ウィリーがパーディッタに初めて会ったときの、パーディッタの手袋のおきかたがその一例だ。パーディッタはロンドン、ソーホーのレストランで、いかにも背景に溶け込んでいるように見えたのだ。ロジャーにとってのマリアンの姿も同様の例としてここで指摘しておいてよかろう。両者とも多分に視覚的だ。

結婚式ないし結婚では、いくつかの作品に連想が飛ぶ。『自由の国で』に先立つ名作『模倣者たち』には、シンとの関係でふたりのイギリス人女性が登場する。ひとりは大学卒業を控え、シンに対し、なぜ自分にプロポーズしないのか、と言う。シンはその女性と結婚し、故郷の島国イザベラに連れ帰るが、ほどなく二人の関係は冷えていく。もう一人はイザベラの外交官としてロンドンで知り合ったステラで、かの女もシンに積極的に接近してくるが、最後の場面では、会食の席で別の男性の妻として上座に座り、作家は、これもまたひとつの皮肉のなせる技とでも言いたげに、シンとステラの距離感を読者に伝える。

さらに遡って『ビスワス氏の家』のビスワス氏と妻の場合は、むしろ読者が悠長に感想を述べる間もなく、成立してしまっている。この作品は父と母という夫妻の話ではなく、父と息子の話だからだ。それがナイポールの弟のシヴァ・ナイポールの作品『蛍』となると、父の行動はもっと冷静な筆致で描かれ、父とアメリカ人女性人類学者との関係のほうに作品の力点が移り、別の父親観が提示される。この人類学者、別にトリニダードに「トランスプラント」しようはずもなく、いつの間にか舞台から消えていく。父はそんな彼女の世話をあれやこれやとやく。

「教えてくれ、誰を殺るのか」では結局のところ弟が主役で、兄はその成長を見守るのみだ。弟はイングランドへの「トランスプラント」を実現し、兄はそれを傍観する。しかし、見方を変えると、この弟こそ実はナイポールのひとつの姿ではないかと見えて来る。兄のモデルはナイポールがイングランドに最初に渡ったときにイングランドにいた親族のだれかであったということもありえる。そういう意味で、ある意味で庇護者の苦労が見えず、自分のペースで作家修行を続けたナイポールの姿がこの作品の弟と重なりもする。シヴァという実在の弟の影にナイポール自身もこの作品のなかに隠れている。

『自由の国で』の表題作「自由の国で」はかなりの量の作品である。主人公のボビーとリンダが首都の会議を終えて南の勤務地に車で戻るまでの話だから、短編にでもなりそうな内容だが、読み終えると、それだけの分量が必要であったとわかる。作品のなかで、二人の感情が激しく変化していくため、そこを写し取ってゆけば、どうしても頁数が必要となる。ここが自分の場所であると宣言し、アフリカに対する愛着を車中、リンダに吐露してやまぬボビーが、給油所で、車の窓を拭いた窓拭き係の男に、窓が傷ついたと激しく怒り出す場面などは、それだけであれば、短編でも処理できたであろうが、その後、また感情がおさまり、アフリカとの折り合いをつけようとするところまでも、さらにその様子を一部始終観察しているリンダという存在を作品中に配するとなると、それなりの分量が必要となる。読者は、作中人物二人の感情の動きをそのようにして追っているうちに、あたかも自分も車に乗って、前方を見ているかのような気になってくる。そして、次はどのような光景に出会うのか、雲行きはどう変化していくのか、やっかいな車に出くわさないか、泥道の横滑りで車が横転しないか、そして同乗者の心理は、それに対する自分の心理は、と気になりだす。リンダはおろかアフリカへの親愛の情を吐露していたボビーすらアフリカに自らを「トランスプラント」することはできない。二人を乗せた車は、土地と関わりをもたぬ「絨毯」のように悪路を走る。その「絨毯」の上で、ふたりは英語というこれもまたアフリカでは「絨毯」のような言葉を用いて二人だけの意思疎通を行う。外国で使用する自国語ほど「絨毯」の喩えが活きるものもない。自国語のなかには自国語の文明がしみついているからだ。だが、自国語とても長く別の環境においておけば「絨毯」のように朽ちていく。

『暗い河』の主人公サリムは商人だ。長年住み慣れたアフリカ東海岸の土地を離れ、中央部に向かう。新たに訪れた土地で商売をはじめ、やがて土地の役人や人類学者やその妻と知り合う。商売はものと金がうまく流れてこそ繁栄する。最初は軌道にのったかにみえたサリムの商売もやがて頓挫する。プジョーという「絨毯」に乗り、小金をもってやってきたサリムは、身ひとつでロンドンに逃げる。

人が新たな土地にさまざまなものを持ち込む。そうした堆積物は、しまいには具体的なものを離れ、経験や、そこから出た思想といったかたちで、他者の目に映る。他者もまた経験や思想という「絨毯」をかかえ、人と対峙する。移動にともないどの程度まで「絨毯」を手放すか、手放さないかは、人がどこまで自らを「トランスプラント」するつもりであるかということに左右される。ただし、多くの場合、必ずしもそこで人の自由意志が許容されるとはかぎらない。それがいつのまにか雑然と蓄積し、さらにあとから来た者には奇怪な風景と映ることもある。またそこに住む個人は、ひとたび何かのきっかけから、自分のアイデンティティーの問題に突き当たると、のちに引用のスーザンの例のように「愛憎」の迷路に入り込む。それが迷路ではなく、現代の世界の姿の投影であると冷静に見られるまでには、かなりの経験と時間を要することになる。スーザンのように、自分で事態を言葉にできるようになるまでには。

文明のスタイル

ナイポールが南アフリカで目にしたのは自然を背景とした複数の文化の堆積物であった。『アフリカの仮面』第六章「南アフリカ」はヨハネスブルクの地形の詳細な描写から入る。

南アフリカの冬のことだった。ヨハネスブルク周辺の高地では、大気は乾き、草は枯れていた。空港の外側のジャカランダの木々（と私には見えたが）は黄色かった。ここには熱帯アフリカ的なものは何もないようだった。色彩は、イランや、おそらくカスティリアといったはるか北部の場の冬に打ち拉がれた色といった感じだった。（『アフリカの仮面』二〇七頁）

と、まずは自然、すなわち土地の人によってでも、外から来た人によってでもなく造られたものの描写が始まる。もとより空港は人が作ったものだが、空港と自然とのコントラストはここではまだ際立つことはない。空港はナイポール作品に書かせない場だ。ところがそのあと、明らかにアフリカの外から持ち込まれたとおぼしき光景の描写が続く。

この偉大な都市に至る道沿いの工業的ビル群がつくるまっすぐな線は、科学と金の文化、別の大陸の別の文明のスタイルに属していた。道端のアフリカの労働者たちは、この状況にあって、はじめはエキゾチックと見えたが、しだいにその場に馴染み始めた（もっとも、強烈な光がかれらの黒さにさらに深い色合いと独特の輝きを与えていた）。（『アフリカの仮面』二〇七頁）

今ふたつにわけて引用したたったひとつのパラグラフで、ナイポールは、ヨハネスブルクの色彩によって、つまり、この土地の冬の自然の色と外から持ち込まれた文明の産物としてのビル群の、おそらくコンクリート色や黒や白とのコントラストによって、時間という要素を視覚化しさえする。色彩とそれによって暗示される時間は、そこからさらに具体化し、この土地に関わる人の出入りにおよぶ。「政治」という言葉を使うことなく「政治」を描く。「歴史」という言葉を使うことなく「歴史」を描く。

二日後、ヨハネスブルクの中心部で、ポストアパルトヘイト都市のひとつの区画に起こったことを目にした。白人は、アパルトヘイトの終焉がもたらすものに神経質になり、そこを去り、そして戻ってこなかった。しかし南アフリカの人々はそこに入ってこなかった。むしろ周辺の国、モザンピーク、ソマリア、コンゴ、ジンバブエといった国々の身軽な人々がそこに入って来た。自由南アフリカ政府は、アフリカ性というものにかられ、こうした人々に国境を開いた。かれらはこのあまりに大きな、あまりに硬直し、不落の都市の一角に、自分たちのやりかたで住み始めた。大きなビルや巨大なハイウェイをスラムにし、あるいは、少なくとも生活の場の半分に変えた。その変えようはあまりに大きかったので、ビルの元来の目的が想像できぬほどであった。（『アフリカの仮面』二〇七頁）

まずは、自然があった。そこに外部から白人がビル群を持ち込んだ。いわば「絨毯だ」。ポストアパルトヘイト時代が来た。白人は去った。かれらは、ある程度、自らを「トランスプラント」したということになるのだろう。しかし、その根を抜き、この地から去った。次に入って来た近隣の国の人々は、白人のビルを活用することなく、自分たちのやり方でこの場に住み着いた。自分たちの「絨毯」をビルにもハイウェイにも敷き詰めたということになる。さまざまなものが持ち込まれ、雑然とした堆積物が残る。それは何も土地だけに限らない。人のなかにも、いつのまにか雑然とした堆積物がたまり、抜きがたく残る。そのいくつかは当人が選び取ったものであり、またいくつかは当人のあずかりしらぬうちに堆積したものだ。ナイポールがウガンダで接したスーザンの場合がそうであった。かの女の場合は、その名前の内に個人を越えた事情が刻まれていた。

「わたしの名前はスーザン。父がつけたの」。父親はアミンの時代に姿を消した。「父には尊敬していたおばがいたわ。おばもスーザンという名前だったの。だから父にとってこの命名は感傷的な選択でした。でも今、私にはこの名前がユダヤ・キリスト教的な名前だとわかります。そこで大学に入学したとき、わたしは――『羊の一族の』という意味のナルグワという――部族の名前を加えました。でも私は父の名字にあたるキグリという名前も使います――学校が私をそう登録したからです」。(『アフリカの仮面』二十五頁)

今や、とナイポールは言う。スーザンは、父がかの女に与えたこの名前に愛憎を抱いていると。ナイポールはスーザンの口から出る「西欧」、「近代性」、「文化」、「文明」という言葉に耳を傾ける。

「これは、ポストコロニアル的経験のかなりを占めています。愉快なことではないけれど。ある人物が、あるいは民族が、外から来て、何かを押し付ける。その行為はすべてを奪い去ります。邪悪な行為です。『西欧』や『モダニティ』とはよきものです。しかしそれはわたしたちの『文化』や『文明』を奪い去りました。たとえそれが暴力的でなかったとしても、わたしたちに自分のルーツについて疑問を抱かせたことにかわりはありません。たとえば宣教師たちは、土地の神々を拒絶するまで人々を洗脳しました。そしてかれらの思想、ドグマ、ドクトリンを、それらが最良であると言いながら押し付けたのです。そこには二方向の対話はありませんでした。かれらはわたしたちの心が、遺産が、文化がどう働くかを理解しようとしませんでした。かれらもっているのはひとつの文明です。それはわたしたちの文明と異なるかれらの文明なのです。わたしは母語を独習しました」。（『アフリカの仮面』二十五頁）

第六章　絨毯の行方

日本の場合

ナイポール作品とその研究という絨毯は、ナイポールの祖母のマットレスのように擦り切れていくのか、それとも修繕をほどこされていくのか。

活字でのナイポール紹介は、土屋哲の「Ｖ・Ｓ・ナイポールの世界」『コモンウェルスの文学』（一九七四年一月）に始まる。

ナイポール作品の最初の翻訳は工藤昭雄訳『インド：傷ついた文明』（岩波書店、一九七八年九月）だ。工藤はイギリス現代文学の研究者で、『小説Ⅱ』（大修館書店）で、現代イギリス文学を俯瞰してみせた。都立大学で教鞭をとりながら、ナイポールの紀行や評論を多数翻訳した。

小説の最初の翻訳は小野寺健の『暗い河』（ＴＢＳブリタニカ、一九八一年十二月）だ。ある時期までのナイポール風のスピード感にあふれるこの小説は、小野寺の名訳によって、これまたスピード感ある日本語に置き換えられた。あわただしく東アフリカから内陸部に向かうプジョーでの旅、湖水地帯を越え、森に入る場面、イヴェットの白い足、動乱、つかのまのロンドン滞在など、読者はまたたくまに、アフリカとヨーロッパの間を移動する。後の作品、たとえば『模倣者たち』や『到着の謎』にないスピード感が『暗い河』の魅力だ。

ナイポールの評論で他の評論と異なるのは『エバ・ペロンの帰還』（TBSブリタニカ、一九八二年一月）だろう。ここにおさめられたふたつの評論は、アルゼンチンものが日本から距離のある国の出来事という点で、またコンラッドものがコンラッドの作品のかなりに精通していないとわかりにくいという点で、日本の読者にはやや難解という印象を与えかねない。ところが再読三読すると毎回発見がある。

他方、工藤昭雄は八十年代にナイポール紹介をさらに前に押し進める。『イスラム紀行上・下』（TBSブリタニカ、一九八三年三月）。この二冊は後に岩波書店から出版されている。

ナイポールが最初にインドについて書いた本も出る。安引宏・大工原彌太郎訳『インド：闇の領域』（人文書院、一九八五年九月）、そして同じ訳者たちによる『インド：光と風』（人文書院、一九八五年七月）。ナイポールが自分のアイデンティティーをもとめてインドに滞在したときの記録が日本語で読めることとなった。原著では二番目のインドものにあたる『インド：傷ついた文明』が先に出てしまったことになる。ただし、この二巻の翻訳は原著（原題は『インド：闇の領域』）の章立てを真ん中で割り前半を『インド：闇の領域』に、後半を『光と風』として出版したものではないので、二冊揃えて、原著の目次、章立てに従って読む必要がある。「闇」は以後、ナイポールのキーワードのひとつとなる。たとえば、ノーベル文学賞受賞講演でトリニダードの「祖母の家」の外側には「闇」の世界が広がっていたという言い方をする。

研究者によるモノグラムも出始めた。一九九二年、ウォルコットのノーベル文学賞を機に土屋哲著「ウォルコットとナイポールの文学」(『文学界』、一九九二年十二月)が出る。一九九五年、武藤哲郎のモノグラムが出る。「『世界の片隅』に見るないナイポールの新しい物語形式について」(大妻女子大学紀要文系、一九九五年三月)だ。

次の年には武藤哲郎著「『到着の謎』をめぐって」(『大塚レビュー』、一九九六年六月)が出る。一九九七年、『インド:闇の領域』と『インド:光と風』の翻訳出版から十二年の歳月を経て、インドもの第三冊目の翻訳として武藤友治訳『インド:新しい顔、大変革の胎動』(上)(下)が出る。インドを語るにあたり、文学論、つまり方法論の類は後退しているものの、ナイポールが面会した人々の半生を語っていくという方法に大きな変化はない。

一九九八年には、前年のナイポールの来日に因んで二つの対談が発表された。ナイポールと青木保の対談「特別対談 文化の境界を越えて——V・S・ナイポール氏を迎える」(一九九八年一月)とナイポールと三浦雅士の対談「大航海インタビュー 現代作家の姿勢——現代文学の第一人者が、英語の運命、宗教の現在、国民国家の行方を語る」(一九九八年二月)だ。

『大航海』には、その後、栂正行「ニューパースペクティヴズV・S・ナイポールの起源——書き手になるという文化的改宗」が出る。中井理香「闇、貧しさ、被支配——V・S・ナイポールのインド表象」『文学研究論集』(筑波大学比較・理論文学会、二〇〇〇年三月)も出る。

『英語青年』（特集Ｖ・Ｓ・ナイポール、研究社、二〇〇一年九月号）は、雑誌のかなりのスペースでナイポールを集中的に論じた最初の、そしておそらく最後の企画だ。エドワード・サイードのナイポール批判が日本にもおよび、ナイポール理解の妨げになっているという点、このふたりの人物の比較、ナイポールの仕事がディケンズやドストエフスキーのそれに比較しうることなどを指摘する「啓蒙の後に来るもの――Ｖ・Ｓ・ナイポールの視点」（三浦雅士）を始め、ナイポール作品の俯瞰作業と並行して『ミグエル・ストリート』の大工ポポの話といった細部を検討する「エクサイルかコスモポリタンか」（小野寺健）、「『ビスワス氏の家』のＶ・Ｓ・ナイポール」、細部を読むこともまた書くことに劣らず生きることそのものという印象を残す「トリニダードのインド人の世界における存在」（中村和恵）、『模倣者たち』の精緻な分析を含む「ポストコロニアル性とナイポール」（木村茂雄）、複雑な『この世の過ごし方』を読み解く「ナイポールの普遍的文明」（大熊昭信）、『イスラム再訪』の分析からナイポールの英語の本質に迫る「ナイポールの英語と文体」（斎藤兆史）、ナイポール小説を俯瞰する「ある作家研究へのプロローグ」（板倉厳一郎）の論考を収める。

その年の十月、ナイポールはノーベル文学賞を受賞する。その記念講演の内容については本書で詳細に触れた。たまたま二十一世紀初頭と重なるこの受賞は、ナイポール自身にとっても、ナイポールの読者や研究者にとっても、わかりやすい切れ目と言える。以後の出版活動は、一部の愛読者、愛好者のみならず、世界文学ということを意識する読者に対するメッセージということを意識した内容に徐々にその様相を変えていった。

永川玲二・大工原彌太郎訳『神秘な指圧師』（草思社、二〇〇二年二月）は、ナイポールの初期の作品で、トリニダードを舞台とした傑作だ。一九六〇年代ウガンダのマカレレ大学でナイポールと一緒であったポール・セローに言わせれば、ナイポールのキャリアがこの作品に予兆されているということになるかもしれない（ポール・セロー『サー・ヴィディアの影』）。

翌二〇〇二年、これまでに出版された重要な紀行と新作のフィクションが続々と出版される。武藤友治訳『インド：新しい顔』（上）（下）（岩波書店、二〇〇二年三月）、工藤昭雄訳『インド：傷ついた文明』（岩波書店、二〇〇二年五月）、工藤昭雄訳『イスラム紀行』（上）（下）（岩波書店、二〇〇二年八月）、そして斎藤兆史訳『ある放浪者の半生』（岩波書店、二〇〇二年九月）である。

ナイポールは『ある放浪者の半生』をノーベル文学賞受賞以前に執筆していたが、イギリスでの出版はノーベル文学賞発表とほぼ同時であった。ロンドンの書店には、この本が平積みになっていた。それから一年後の二〇〇二年に日本語で読めるようになった。簡単なナイポール紹介としては二〇〇二年十月の栂正行「世界の全体像を求めて」『図書』（岩波書店）がある。モノグラムも増えた。西真木子著“A Study of V. S. Naipaul's The Mimic Men”、『北海道英語英文学』47 (2002)、“Masculinity in V. S. Naipaul's Novel *Miguel Street* (1959)”、『北海道英語英文学』48 (2003)、“Rootless Experiences: The Importance of Spatial Understanding in the Writing of V. S. Naipaul”, doctoral thesis, University of Leicester, 2004といった英語による論文も出る。二〇〇三年には栂正行・山本伸訳『中心の発見』（草思社、二〇〇三年一月）が出る。「自伝へのプロローグ」と「ヤムスクロの鰐」というふたつのエッセーからなる。「自伝へのプロローグ」には、父が精神を病んでいった経緯、父の祖父やその母のことが詳細に語られている。かれらの行動がひとつ違っていたらナイポールはこの世に存在しなかったかもしれないという書きぶりが見事だ。「ヤムスクロの鰐」は『自由の国で』の表題作「自由の国で」、『暗い河』、『アフリカの仮面』に連なることになる作品で、やや難解なアフリカもののなかにあって比較的わかりやすい作品である。浜邦彦「ポスト・コロニアリズム　ジェイムズとナイポール――エグザイル知識人論へのひとつの注釈」『現代思想』（青土社、二〇〇三年十一月）も出る。『神秘な指圧師』の翻訳に遅れること三年、二〇〇五年二月、小沢自然・小野正嗣訳『ミゲル・ストリート』（岩波書店、二〇〇五年二月）が出る。この二作品は、原著でも、先に書かれた『ミゲル・ストリート』よりも後に書かれた『神秘な指圧師』が最初の出版となった。『ミゲル・ストリート』は「ボガート」や「ポポ」といった人名をタイトルとする章があり、人を語ることでその人物を取り囲む社会を描き出すというナイポール文学の原型がここにある。また『奴隷の歌』などの作品のあるウォーリック大学のデイビッド・ダビディーンはBBCのドキュメンタリー「V・S・ナイポール」のなかで、西洋の人々にとってケネディ大統領暗殺のとき自分がどこにいたかを覚えているように、われわれも『ミゲル・ストリート』が出版されたとき、自分がどこにいたか覚えていると言う。主人公の少年が青年となり、かれにとってストリートや島がしだいに狭苦しいところとなっていく過程がよく描かれている。北原靖明著「ナイポールの『歴史的時間』と『非歴史的時間』」（『二十世紀研究』、二〇〇五年）も出る。二〇〇六年、著者は二点の紀要論文を出した。「V・S・ナイポール――初めての雪」（中京大学教養論叢）と「Ｖ・Ｓ・ナイポールの伝記的小説」（中京大学教養論叢）だ。二〇〇七年、待望の斎藤兆史訳『魔法の種』（岩波書店）が出る。この年、栂正行は「ふたりの謎の男――Ｖ・Ｓ・ナイポールのボガートとシヴァ・ナイポールのグリーン氏」（中京大学教養論叢）によって、ナイポール論のなかに作家の十三歳年下の弟、四十になる前になくなった早世の弟シヴァ・ナイポールを取り込んだ。シヴァの作品『蛍』、『熱い国』、『潮干狩り』は、それぞれに精読に値する貴重な小説である。同じ年の十二月、安引宏訳『自由の国で』（草思社、二〇〇七年十二月）が出る。原著は一九七三年のブッカー賞受賞作品であるから、実に三十年以上の歳月を経て日本への紹介がなされたということになる。同年、栂正行は「自伝の空白――Ｖ・Ｓ・ナイポールの場合」（中京大学教養論叢）と「Ｖ・Ｓ・ナイポール――小説の終わり、自伝の始まり」（中京大学教養論叢）を出した。これは二〇〇九年の「Ｖ・Ｓ・ナイポールのモダンガールズ――それぞれのモダン」へとつながっていく。中井亜佐子著『他者の自伝――ポストコロニアル文学を読む』（二〇〇七年、研究社）は、自伝という言葉をキーワードにナイポール（『イスラム紀行』など）を含む複数の作家を論じる。また松木園久子著「Ｖ・Ｓ・ナイポールにおけるヒンディー語世界：A House for Mr Biswas を中心に」（印度民俗研究、二〇〇七年九月）、西真木子著「ポストコロニアル文学におけるアイデンティティ――Ｖ・Ｓ・ナイポールを中心に」『文学研究は何のため――英米文学試論集』（二〇〇八年三月、北海道大学出版会）も出る。単行本のなかでナイポールが言及される機会はますます増えてきた。加瀬佳代子の『Ｍ・Ｋ・ガンディーの真理と非暴力をめぐる言説史：ヘンリー・ソロー、

R・K・ナラヤン、V・S・ナイポール、映画『ガンジー』を通して』（ひつじ書房、二〇一〇年二月）と『現代イギリス文学と場所の移動』（二〇一〇年七月）の二冊だ。二〇一二年、北原靖明著『カリブ海に浮かぶ島トリニダード・トバゴ 歴史・社会・文化の考察』（二〇一二年、大阪大学出版会）はナイポール文学の背景たるトリニダードについて網羅的に書かれた好著。著者は二〇一三年、『ヴィクトリア朝の都市化と放浪者たち』（音羽書房鶴見書店、二〇一三年）の第六章「奴隷船に代わる船――十九世紀インド人年季契約労働者の、とあるデスティネーション」で、インドからトリニダードに渡った年季契約労働者について、ナイポールの母方の祖父やボガートを例に論じる。二〇一五年、著者は共著書『刻まれた旅程――英文学から英語圏文学へ』（勁草書房、二〇一五年三月）のなかで、ナイポール、シヴァ・ナイポール、クシュワント・シンについて論じる。見知らぬ土地に出かけるとき、人は旅程を組む。ところが実際の旅は旅程通りには進まず、目的地につかぬことすらある。しかしこの過程で新たな発見があり、発見という文学の本質を垣間見ることになる。筆者はまた同年『土着と近代――グローカルの大洋を行く英語圏文学』を共編著として編み、「はじめに」と「移動する土着、移動する近代――V・S・ナイポールの作品から」を執筆。「移動する土着、移動する近代」で、『暗い河』のサリムの水平移動と『模倣者たち』のシンの垂直移動を論じる。

絨毯をかかえて

本書では二十一世紀冒頭に行われたナイポールのノーベル文学賞受賞講演から、日本におけるナイポールの受容史までを駆け足で見てきた。最後に冒頭で触れた「絨毯」と「トランスプランテーション」という用語を糸口にナイポール作品の魅力的な作中人物たちの生活ぶりを見ておくとしよう。

一九五九年の作品『ミゲル・ストリート』。主人公の「私」は、ミゲル・ストリートを成長につれて小さな世界と感じ始め、母親と「私」は、「神秘な指圧師」の助言に従い、ロンドンに渡る決意をする。おそらく「私」は、トリニダードで身につけた「絨毯」を持参することはない。ほぼ身ひとつでロンドンに渡り、新しいものすべてを受け容れる。この「私」は『ある放浪者の半生』や『魔法の種』のウィリーにも、また作家ナイポールにもつながる人物だ。

一九六一年の作品『ビスワス氏の家』のビスワス氏のモデルはナイポールの父親だ。若くして結婚し、妻の母親の家の世話になったり、ポート・オブ・スペインに住んだり、トリニダードの丘陵地帯に住んだりしたあげく、かなりの無理をして小さな家を手に入れる。その意味で、自分の家に根を張ったことになる。晩年のことであった。息子アーナンドは、『ミゲル・ストリート』の「私」同様、十八歳で家を、そして島を出る。アーナンドもナイポールも、トリニダードで編んだ「絨毯」、トリニダード的なものをオックスフォードやロンドンに持ち込むことをしなかった。ところがいざ創作をする段になると、トリニダードで編んだ「絨毯」をもう一度丹念に検証しなければならなかった。そうして書かれたのが『ビスワス氏の家』だ。

ところが一九六二年の作品『ミドル・パッセージ』では、ナイポールはオックスフォードやロンドンで編んだ「絨毯」をカリブ海地域の五つの地域に持ち込む。つまりこの作品を書くころにはナイポールの目はかなり西欧人のそれに近づいていた。もちろん、ナイポールはそれを露骨に駆使するほど凡庸ではない。あるときは西欧的な目、あるときはトリニダードの目をいわば交互につかい、複合的な観察眼を披瀝する。『作家をめぐる人々』はまさしく複数の目に関するエッセーである。

そうしたなか、一九六三年の作品『ストーン氏と老人激励騎士団』は、ロンドンの目をあますところなく駆使した作品と言えよう。ここには旧植民地出身の登場人物はひとりとして出てこない。ただ、仕上がりはどうか。欧米の読者も日本の読者もこの作品にほとんど言及しない。

一九六四年の作品『インド：闇の領域』は、ナイポールの祖父や曾祖母の世代が持ち込んだ「絨毯」、すなわち「インド」の正体をみずから見極めようとする作品だ。ナイポールはここで母方の祖父の話をジュソッドラの口から聴き、自分の祖先がいわば抜き取られたもとの土壌の姿を理解するに至る。祖父はこの土地から自らを抜き取り、トリニダードに「インド」という「絨毯」を持ち込み、もう少しのところで自らを「トランスプラント」するに至る直前に、故郷の村に戻る途中の列車で亡くなった。これを「客死」と呼べば祖父にとっての故郷はトリニダードということになるし、インドの故郷の村に帰る途上で亡くなったと考えれば、人生の旅の終着点を故郷の村に選びながら、そこに辿り着く前に亡くなったということになる。

一九六七年の作品『模倣者たち』の主人公シンは、架空の島国イザベラをあとにロンドンの大学に通う大学生で、卒業をひかえている。タイトルに「模倣者」とあり、シンもまた「模倣者」なので、故国イザベラという「絨毯」を積極的にロンドンに持ち込む様子もない。ただ、ある論文が故国で認められ、友人との関係からイザベラの政治に巻き込まれていく。やがて外交使節団の一員としてロンドンに赴くが、当人にその自覚は薄い。軸足を明確にできないまま、結局、故国からは根を抜き、ロンドンの長期滞在ホテルのようなところで生活するようになる。

ブッカー賞受賞作で一九七一年出版の『自由の国で』の表題作「自由の国で」の男女ふたりの主要人物は、アフリカの勤務地にイギリスという「絨毯」を持ち込み、イギリスの戻ることのできる日を待ちわびている。しかし女性のほうは、アフリカでの日々を空費し、結局ここからでられないと言い出す。他方、男性のほうは、出たいのか出たくないのか、しまいにはわからなくなって、アフリカで青年を追いかけることに時間をつかう。かれらふたりがアフリカに持ち込んだ「絨毯」はしだいに色あせ、絨毯を敷き詰めた土地と絡み合い、ついには、脆弱な根をそこにはる。

出るタイミングをはかりそこなった人物と言えば、一九七五年発表の『ゲリラ』の主人公ジェインもそうだ。かの女の場合、イギリスという「絨毯」は色あせもせず、いつでも戻ることのできる場所のはずであった。しかし、訪れた土地の新奇さ、ジミーのえもいわれぬ魅力に帰国を先延ばしし、思わぬかたちで命をおとす。

一九七九年出版の『暗い河』は、長年東アフリカに住んでいたサリム、つまりその土地に根をはっていたサリムが、独立後の内戦にもはやこのままの生活はできないとして、自分の根をその地から抜き取り、プジョーで内陸に移動するところから始まる。知人の年長者ナズルディンから店を譲り受け、新たな地に自分を「トランスプラント」しようとする。ところがそこも、根を張るに足る安全な場所ではなく、サリムはロンドンに逃げ出す。ロンドンでは狭いフラットの部屋を仮の宿に何人もの移民が住み着いている光景を目にする。この「世界」で安全な場所を確保するのがいかに困難かという作品で、全編に作品冒頭の、場を自力で確保できぬものに場所はない、というメッセージが行き渡っている。

一九八四年の『中心の発見』の「自伝へのプロローグ」は一九八二年七月から十月にかけて発表されたエッセーだ。ナイポールはここで、ボガートのこと、自分の父のこと、行き場を失った年季契約労働者のこと、どうして書くことに携わるようになったかといったことなどをゆっくりと描く。ナイポールが十八歳でトリニダードからロンドン、オックスフォードに携えていった「絨毯」は、書くということに対する姿勢であった。それは父から伝えられた天職であった。といって、イングランドで大学生活をおくり、卒業後ロンドンに出てすぐに書けるようになるほど、当時の出版事情も甘くはない。ナイポールはその苦労、そして最初の作品『ミゲル・ストリート』を書くきっかけをゆっくりと綴る。

「最初の四日間雨が降り続いた」と始まる一九八七年発表の『到着の謎』はひとことで表現する

と、「トランスプランテーション」実現の話だ。筋らしい筋はなく、ナイポール愛読者でなければ、あるいはナイポールの作品と承知していなければ、ときに読み続けることが困難なほどに、過剰な細部、個別の事柄にあふれ、普遍を垣間見ることができない。しかし少しずつ読み進むうちに、あるいはキリコの画集への言及のあるあたりから、このようにしかこの作品は書けなかった、あるいはここで作家が書こうとしている内容を表現するためには、このような形しかなかったと理解できるようになる。

一九九四年の作品『世の習い』はひとつイングランドのみではなく、世界の各地で一時的にではあれ、各地の住人と会い、その生き方に共感あるいは反発しながら、みずからを「トランスプラント」してきたという経験を書き綴ったものだ。この作品を書いているときにナイポールが行っていたのは、それまでにかれがいた場所への書斎のなかでの「再訪」であり、かれが書いた数々の作品への再訪である。レッド・ハウスの美しさも、登記局の単純作業も、サー・ウォールター・ロリーの苦難も、すべてかつてつくりあげた作品世界にもう一度入り込もうという姿勢で書かれている。プルーストの「才能」に関わる一節に結びつければ、ナイポールはこの作品を書いた時点での、かつて書いた内容に対する書き直しを行ったということになる。

一九九九年の『父と息子の手紙』の手紙の書き手はナイポール、ナイポールの父親、そしてバナラス・ヒンドゥー大学に留学し、トリニダードにもどり、英語や歴史を高校で教えることになる姉カマラだ。出版は九九年だが、かれらが手紙を書いていたのは一九五〇年代である。トリニダードを離れ、ゆっくりと自身を「トランスプラント」していくナイポールの様子が、家族への率直な手紙というかたちでよく現れている。姉カマラが父の死をナイポールにどう知らせたらよいものかと悩みナイポールの指導教授に宛てた手紙などには、ナイポールといういわば植物にとっての、もとの土と新しい土との意味の変化がよく出ている。

ノーベル賞受賞とほぼ同時に世に出た二〇〇一年の作品『ある放浪者の半生』は、インドという土地から自らを抜き取ったものの、ロンドンにも落ち着けず、東アフリカにも落ち着けずという物語、その続編『魔法の種』は、妹サロジニのいるドイツにも落ち着けず、妹に促されて地下活動をするために再びその土を踏んだインドにも落ち着けず、からくもインドの拘置所を脱し、若いころに過ごしたロンドンに舞い戻るウィリーの物語だ。皮肉にも根を張ることがもっとも難しそうなロンドンで、ウィリーは落ち着きを取り戻す。その落ち着きは根を張ったというよりも、この世の中でだれもそれほど簡単に根を張ることなどできないと考える人々がロンドンにはたくさんいるという認識からくる落ち着きにも見える。かつてウィリーの本を出版し、インドからウィリーを救い出した友人ロジャーは、マーブル・アーチの家からセント・ジョン・ウッドの家へと、住居を変え、その移動の様子はあたかも成長する「魔法の種」のようであるが、獲得した高級住宅地の家がロジャーにとってもっとも落ち着ける場であるというわけではない。他方、マリアンのために確保した家にも根を張れない。マリアンを公営共同住宅から出し、買い与えた家では、それまでの週末の逢瀬というかたちが崩壊し、四六時中共に過ごすこととなり、お互いが重荷になる。

外から来て、少なくともどこかの土地に定住した作中人物を拾い出してみると『神秘な指圧師』のガネーシャが筆頭であろう。かれは『ミゲル・ストリート』にも登場し、母親と主役の青年に助言を与えるなど、自らは安定した生活をおくる。

『ビスワス氏の家』のビスワス氏は、居場所を転々としたあげく、小さな家を手に入れる。その家のベッドこそ、大学を終えて帰郷したナイポールが、ごろりと横になり、それを弟シヴァが見たという場所であるから、ビスワス氏もそのモデルであるナイポールの父も定住したことになる。ただし、その期間は、数年のことであった。

『模倣者たち』たちは、シンのトランスプランテーションの物語だ。それだけに冒頭の舞台ロンドンの描写と結末の舞台ロンドンの描写に挟まれたイザベラ時代は長い。自分を引き抜く場の描写の長さが、ロンドンに「トランスプラント」することの困難を語っている。

『自由の国で』の「だれを殺ればよいのか」は、「トランスプラント」の困難を直接的に表現している。なにかにつけてこだわる兄と難なくロンドンに溶け込むかに見える弟の対比が世代の違いを露にする。

『到着の謎』はナイポール好みの「到着」というテーマにつき、時間をかけて考察を加えた作品だ。その後の『世の習い』で描かれるエルドラドに到着できなかったローリーや、他の作中人物たちと、『到着の謎』の「私」とのコントラストが、さらに現時点で最後の小説である『ある放浪者の半生』と『魔法の種』のウィリーやロジャーやパーディッタが依然として安住していないこととのコントラストが興味深い。
一九八五年に四十歳になる前の若さでなくなったナイポールの弟シヴァについて、『終わらなかった旅』の訳者工藤昭雄は、「トランスプランテーション」を、シヴァがそれを実現できなかったことを、次のように表現する。

彼［シヴァ・ナイポール］に国籍と少年期までの生活環境を提供したトリニダード、彼の精神的・肉体的背景であるインド、彼に近代的な教育を施すとともに生活の拠点を与えたイギリス、彼はこれら三者に所属しているけれどもそのどれにも全面的には所属していない。彼の兄の場合と同様に自己のアイデンティティーの模索が、アイデンティティーを求めての終わりなき旅そのものが彼の作品・著作すべての中心的主題とならざるをえなかった所以であり、彼が土着の風土に近代西欧文明を根づかせようと苦闘する「第三世界」の悲喜劇に関心を向けざるをえなかった理由である。（『終わらなかった旅』、「訳者あとがき」より）

二つの世界に帰属していながら実際には帰属していない状態の個人。これはまだしもわかりやすい。それがシヴァのように三つの世界に帰属し、それでいて帰属していないということになると、問題はいっそう複雑になる。トリレンマにからめとられた状態だ。二十一世紀には、四つの世界、五つの世界とさらに数が増え、個人はあちらこちらで板挟みになる。工藤はこのあとさらに、この兄弟に向けられがちな批判を取り上げ、「訳者あとがき」を結ぶ。

兄と同じく「第三世界」を眺める彼の目が時に冷ややかであり、その批判が時に激越な弾劾の調子をおびてくることは否めない事実である。しかし批判を向けられた者の痛みに劣らない痛みを彼自身が感じていることも忘れてはならない。「第三世界」の批判を売りものにした作家という安易なレッテルを貼りつけることは、彼の兄の場合と同じく厳に慎まなければならないのである。(『終わらなかった旅』、「訳者あとがき」より)

この主張にさらにひとつ加えておくならば、さらに「第三世界」の描写の徹底ぶりについて指摘しておいてもよい。「第三世界」を描くシヴァの筆致には、近代化される以前のものに対する愛着すら見える。ただ単に近代化すれば問題が解決するという考え方に対し常に疑問を抱いている者の書き方と言い換えてもよい。兄ナイポールの対象の描き方にも相通じるところだ。

おわりに

ナイポールの作品については、『ある放浪者の半生』あたりが出たころには、同時代の作家として読むこととなった。とはいえ、ナイポールはその時、大家であったから、同時代という言葉はあたらないかもしれない。だがナイポールはその後も書き続けた。あとの作品ほど重層性をおび、解釈に頭をひねることが多くなった。そのうち、短いながらも重要なエッセー「自伝へのプロローグ」を訳した。対象作家の翻訳を経験すると、その後の読みの進行は急速に落ちる。一晩に何十頁という読書から一日に一パラグラフというような読書に変わる。

ナイポールは英語で書く。しかしその出自からも明らかなように、作品中にはさまざまな主張が入り乱れている。英文学の作家、たとえばディケンズやジョージ・エリオットの作品と日本という土壌の間を行き来するといった読みとはまた別の問題意識に読者は包囲される。八十年代、主にこうした英文学を読んでいたころ、イギリスと日本の精神的往復に対する疑問は薄かった。それもおかしなことなのだが、二十世紀にはそういう土壌も各国の文学研究にあった。ナイポールの作品を読むと、それまでの読解のスタンスという、一見定まったかに見えた位置さえも当てにならぬものと見え始め、抽象的な意味で、読者は一度居場所を失う。

居場所の回復のため、居場所の相対性を意識する。あるものは絨毯を敷き詰め、あるものはトランスプランテーションに走る。作家であるナイポールは書くことで居場所を確保し続けた。重要なことはすべてナイポールの本の中にある。読者もナイポールの本を読むことで居場所を追う作家の姿を見いだし、読者としての自分の居場所を見いだし、そして自分の身体の居場所へと思いを馳せる。居場所に縛られての思考と居場所に縛られることのない思考を反芻しながら。

本書の出版にあたっては、音羽書房鶴見書店山口隆史に萌芽の段階からさまざまなかたちでお世話になった。それが実現しているかはさておき、特に本の構成に関わる助言は刺激的であった。この場を借りて氏に感謝申し上げたい。

本書は勤務先中京大学より出版助成を受けた。関係各位に感謝申し上げる次第である。

二〇一六年十一月

梶　正行

注

（1）V. S. Naipaul, *Half A Life* (London: Picador, 2001).　斎藤兆史訳『ある放浪者の半生』、岩波書店、二〇〇二年。

（2）V. S. Naipaul, *Reading and Writing* (New York: New York Review Books, 2001).

（3）Khushwant Singh, *Delhi, A Novel* (Penguin Books India, 2010).

（4）V. S. Naipaul, *Literary Occasions* (Picador, 2005).

（5）Shiva Naipaul, *An Unfinished Journey* (New York: Viking, 1987).

（6）V. S. Naipaul, *The Return of Eva Peron with The Killing in Trinidad* (Penguin, 1980).　工藤昭雄訳『エバ・ペロンの帰還』、TBSブリタニカ、一九八二年。

（7）V. S. Naipaul, *Magic Seeds* (Vintage, 2004).　齊藤兆史訳『魔法の種』、岩波書店、二〇〇七年。

（8）V. S. Naipaul, *A Writer's People* (Knopf, 2007).

（9）V・S・ナイポール『自由の国で』（草思社、二〇〇七年）

作品年表

一九五七年　V・S・ナイポール　『神秘な指圧師』。
一九五八年　V・S・ナイポール　『エルヴィラの普通選挙』。
一九五九年　V・S・ナイポール　『ミゲル・ストリート』。
一九六一年　V・S・ナイポール　『ビスワス氏の家』。
一九六二年　V・S・ナイポール　『ミドル・パッセージ』。
一九六三年　V・S・ナイポール　『ストーン氏と老人激励騎士団』。
一九六四年　V・S・ナイポール　『インド：闇の領域』。
一九六四年　エリック・ウィリアムズ　『帝国主義と知識人』。
一九六七年　V・S・ナイポール　『模倣者たち』。
V・S・ナイポール　『島の国旗』。
一九六九年　V・S・ナイポール　『エルドラドの喪失』。
一九七〇年　シヴァ・ナイポール　『蛍』。
エリック・ウィリアムズ　『コロンブスからカストロまで』。
一九七一年　V・S・ナイポール　『自由の国で』。

一九七三年　シヴァ・ナイポール『潮干狩り』。
一九七五年　V・S・ナイポール『ゲリラ』。
一九七七年　V・S・ナイポール『インド：傷ついた文明』。
一九七九年　V・S・ナイポール『暗い河』。
一九八〇年　シヴァ・ナイポール『黒と白』。
一九八〇年　シヴァ・ナイポール『南の北』。
一九八〇年　V・S・ナイポール『エバ・ペロンの帰還』。
一九八一年　V・S・ナイポール『イスラム紀行』。
一九八三年　シヴァ・ナイポール『熱い国』。
一九八四年　V・S・ナイポール『中心の発見』。
一九八四年　シヴァ・ナイポール『龍の口の彼方』。
一九八六年　シヴァ・ナイポール『終わらなかった旅』。
一九八七年　V・S・ナイポール『到着の謎』。
一九八九年　V・S・ナイポール『南部の曲がり角』
一九九〇年　V・S・ナイポール『インド：新しい顔』。
一九九四年　V・S・ナイポール『世の習い』。
一九九六年　V・S・ナイポールの妻パトリシア死去。ナディラと再婚。

一九九八年　V・S・ナイポール『イスラム再訪』。
一九九九年　V・S・ナイポール『父と息子の手紙』。
二〇〇〇年　V・S・ナイポール『読むことと書くこと』。
二〇〇一年　V・S・ナイポール『ある放浪者の半生』。
二〇〇二年　V・S・ナイポール『作家と世界』。
二〇〇四年　V・S・ナイポール『魔法の種』。
二〇〇五年　V・S・ナイポール『文学論』
二〇〇七年　V・S・ナイポール『作家をめぐる人々』
二〇一一年　V・S・ナイポール『アフリカの仮面』

参考文献

(1) ナイポール、シヴァ、父シーパサドの作品

Naipaul, V. S. *The Mystic Masseur*. London: Andre Deutsch, 1957, Rept. Harmondsworth: Penguin, 1967 and New York: Vintage:2001.　永川玲二・大工原彌太郎訳『神秘の指圧師』、草思社、二〇〇二年。

——, *The Sufferage of Elvira*. London: Andre Deutsch, 1958, Rept. Oxford:Heinemann, 1969.

——, *Miguel Street*. London: Andre Deutsch, 1959, Rept. Oxford:Heinemann, 1974.

——, *A House for Mr. Biswas*. London: Andre Deutsch, 1961, Rept. Harmondsworth: Penguin, 1969.

——, *The Middle Passage: Impressions of Five Colonial Societies*. London: Andre Deutsch, 1961, and London: Picador, 2001.

——, *Mr. Stone and the Knights Companion*. London: Andre Deutsch, 1963, Rept. Harmondsworth: Penguin, 1969.

——, *An Area of Darkness*. London: Andre Deutsch, 1964, Rept. Harmondsworth: Penguin, 1968.　安引宏・大工原彌太郎訳『インド：闇の領域』、『インド：光と風』、人文書院、一九八五年、二〇〇二年。

——, *The Mimic Men*. London: Andre Deutsch, 1967, Rept. Oxford:Heinemann, 1969.

——, *A Flag on the Island*. London: Andre Deutsch, 1967, Rept. Oxford:Heinemann, 1969.

——, *The Loss of El Dorado: A History*. London: Andre Deutsch, 1969, Rept. Oxford:Heinemann, 1970.

——, *In a Free State*. London: Andre Deutsch, 1971, Rept. Oxford:Heinemann, 1973 and London: picador, 2001.

——, *The Overcrowded Barracoon and Other Articles*. Andre Deutsch, 1972, Rept. Harmondsworth: Penguin, 1976.

——, *Guerrillas*. New York: Knopf, 1975. Rept. Harmondsworth: Penguin, 1976.

——, *India: A Wounded Civilization*. New York: Knopf, 1977. Rept. Harmondsworth: Penguin, 1979.　工藤昭雄訳

『インド：傷ついた文明』、岩波書店、一九七八年、二〇〇二年。
——, *A Bend in the River*. New York: Knopf, 1979. Rept. Harmondsworth: Penguin, 1980. 小野寺健訳『暗い河』、ＴＢＳブリタニカ、一九八一年。
——, *The Return of Eva Peron with The Killing in Trinidad*. New York: Knopf, 1979. Rept. Harmondsworth: Penguin, 1980. 工藤昭雄訳『エバ・ペロンの帰還』、ＴＢＳブリタニカ、一九八二年。
——, *Among the Believers*. New York: Knopf, 1981. Rept. Harmondsworth: Penguin, 1982 and New York: Vintage, 1982. 工藤昭雄訳『イスラム紀行』、ＴＢＳブリタニカ、一九八三年、岩波書店、二〇〇二年。
——, *Finding the Centre: Two Narratives*. New York: Knopf, 1984. Rept. Harmondsworth: Penguin, 1985 and New York: Vintage, 1986. 栂正行・山本伸訳『中心の発見』、草思社、二〇〇三年。
——, *The Enigma of Arrival*. New York: Knopf, 1987. Rept. Harmondsworth: Penguin, 1988 and New York: Vintage, 1988.
——, *A Turn in the South*. New York: Knopf, 1989.
——, *India: A Million Mutinies Now*. London: Heinemann, 1990. 武藤友治訳『インド：新しい顔』、サイマル出版会、一九九七年。岩波書店、二〇〇二年。
——, *Letters Between a Father and Son*, London: Little Brown, 1999.
——, *A Way in the World*. New York：Knopf, 1994.
——, *Beyond Belief*, 斎藤兆司訳『イスラム再訪』、岩波書店、二〇〇一年。
——, *Reading and Writing*. New York: New York Review Books, 2001.
——, *Half A Life*. London: Picador, 2001. 斎藤兆史訳『ある放浪者の半生』、岩波書店、二〇〇二年。
——, *Magic Seeds* (Vintage, 2004). 齊藤兆史訳『魔法の種』、岩波書店、二〇〇七年。
Naipaul, Shiva, *Fireflies*. London: Andre Deutsch, 1970, Rept. Harmondsworth: Penguin, 1971.
——, *The Chip Gatherers*. London: Andre Deutsch, 1973, Rept. Harmondsworth: Penguin, 1976.

——, *Black and White*,
——, *North of South: An African Journey*, 1978; rpt. Harmondsworth: Penguin, 1980.
——, *Journey to Nowhere, A New World Tragedy*, Harmondsworth: Penguin, 1980.
——, *A Hot Country*. London: Hamish Hamilton, 1983, Rept. London: Sphere Books, 1984.
——, *A Man of Mystery and Other Stories*, Viking, 1984, Rept. Harmondsworth: Penguin, 1995.
——, *Beyond The Dragons Mouth: Stories and Pieces*, 1984; New York: Viking, 1985.
——, *An Unfinished Journey*, New York: Viking, 1987.
Naipaul, Seepasad, *The Adventure of Gurudeva*, London: Heinemann, 1976.

(2) その他

Athill, Diana. Stet, Granta, 2000.
Boxill, Anthony. *Naipaul's Fiction: In Quest for Enemy*, York Press, 1983˙
Cudjoe, Selwyn. *V. S. Naipaul: A Materialist Reading*, Amherst, 1988.
Feder, Lillian. *Naipaul's Truth*. Rowman and Littlefield, 2001.
Gupta, Suman. *V. S. Naipaul*, Northcote House, 1999.
Hamner, Robert D., (ed)., *Critical Perspectives on V. S. Naipaul*, Washington, 1977.
Hare, David. *A Map of the World*, Faber and Faber, 1983.
Hughes, Peter. *V. S. Naipaul*, London: Routledge, 1988.
Jarvis, Kelvin. *V. S. Naipaul: A Selective Bibliography with Annotations, 1957–1987*, London, 1989.
Kelly, Richard. *V. S. Naipaul*, Continuum, 1989.

King, Bruce. *V. S. Naipaul*, London, Macmillan, 1993.

Mohanty, Arun Kumar, *Between Two Worlds*, Prachi Prakashan, 2000.

Modern Fiction Studies, 30, 3 (Autumn 1984).

Morris, Robert K. *Paradoxes of Order: Some Perspectives on the Fiction of V. S. Naipaul*, Missouri: University of Missouri Press, 1975.

Mustafa, Fawzia. *V. S. Naipaul*, Cambridge, 1995.

Singh, Manjit Inder, *V. S. Naipaul*, Rawat Publications, 1998.

Theroux, Paul. *V. S. Naipaul: An Introduction to his Work*, London, 1972.

Theroux, Paul. *Sir Vidias Shadow*, London, 1998˙

Thieme, John. *The Web of Tradition: Uses of Allusion in V. S. Naipaul's Fiction*, Dangaroo, 1987.

Walsh, William. *V. S. Naipaul*, London, 1973.

White, Landeg. *V. S. Naipaul*, London, 1975.

著者紹介

梅　正行（とが　まさゆき）

東京都立大学人文科学研究科博士課程中退。同大学人文学部助手を経て、現在中京大学国際教養学部教授。著書に『コヴェント・ガーデン』（河出書房新社）、『土着と近代』（共編著、音羽書房鶴見書店）、『インド英語小説の世界』（共編著、鳳書房）、『刻まれた旅程』（共著、勁草書房）、訳書にアルフレッド・ダグラス『タロット』、リチャード・キャヴェンディッシュ『黒魔術』、『魔術の世界』（いずれも河出書房新社）、マテイ・カリネスク『モダンの五つの顔』（共訳、せりか書房）、V・S・ナイポール『中心の発見』（共訳、草思社）、サイモン・シャーマ『風景と記憶』（共訳、河出書房新社）、カミール・パーリャ『性のペルソナ』（共訳、河出書房新社）など。

絨毯《じゅうたん》とトランスプランテーション
二十一世紀のV・S・ナイポール

2017年2月10日　初版発行

著　者　梅　正行
発行者　山口　隆史
印　刷　株式会社シナノ印刷

発行所　株式会社 音羽書房鶴見書店
〒113-0033 東京都文京区本郷 4-1-14
TEL 03-3814-0491
FAX 03-3814-9250
URL: http://www.otowatsurumi.com
e-mail: info@otowatsurumi.com

Printed in Japan
ISBN978-4-7553-0298-5 C3098
組版編集　ほんのしろ／装幀　吉成美佐（オセロ）
製本　シナノ印刷